フランジ

f l a n g e

田中正雄 TANAKA Masao

文芸社

フランジ◎目次

利き手

「ただいま」

テーブルの真ん中に向かって、他意もなく、ぶしつけに置いたスーパーの買物袋には、恒例のもろきゅうとキムチのパックが三つずつ入っている。

母さんはやせ細った長い後ろ髪をこちらに向けたまま、椅子に座って左膝を抱えていた。徐《おもむろ》に覗き込んでみると、右手に持った白地の爪切りで、左足親指の爪を切っていた。

パチリ、パチリと二度音がしたあと、母さんは「おかえり」と小さく言った。爪半月の輪郭が綺麗で、少しだけ時間を止めて見惚れてしまった。

月に一度か、もしくは二度訪れるこの部屋の、何やらカビ臭い感じは嫌いではなく、なんと言っても母さんに会える悦びはひとしおだった。

「ちょうどタイムセールでさ、安かったんだ。三割引」

本当はタイムセールでも何でもなかったけれど、なんとなく会話の切り口にはいいと思った。

買物袋の中では、詰める時にあれほど整列させたキムチが一パックだけこけていて、半透明越しに母さんの機嫌を窺っている。キムチの視線を感じたかどうかは分からないけど、母さんはそちらに一瞥もくれなかった。それでも昔からの好物であることに疑いはない。目を合わせるかどうかと好き嫌いは別の問題だ。

「ありがと。冷蔵庫、入れといて」

母さんの声はいつ聞いても美しい。

この部屋の冷蔵庫は思いのほか大きい。観音開きのその先には、乱雑に物が押し込まれているけれど、入っている中身は他の家庭と何ら変わらないと思う。先々週のもろきゅうが一パック残っていたから、今日のアップデート品と引き換えに外へ連れ出した。二人分の箸をキッチンから奪い、テーブルの上に開けたもろきゅうのパックに添える。

僕はテーブルを挟んで母さんの方を向いて座ったが、母さんは俯いたまま、ヤスリで爪を整える振動に共振している最中だった。僕は母さんの挙動を愛おしく思い、それでいて俯瞰的に見つめたまま、一口もろきゅうを放り込んだ。まずは奥歯の少し手前で砕いた鈍い音が、折しも会話のゴングとなった。

「今日さ、原先生がさ……、ほら、この間話した数学の原だよ。授業の最初に小テストがあったんだけど、その時にまたキレちゃって——」

僕は子供らしく、今日の学校生活を雄弁に語った。毎日会えるわけじゃない。だからこそ、親子の会話の価値は、そんじょそこらの家庭とは比べ物にならない。でも話してる最中は母さんの姿に夢中で、内容を自分でも覚えていないことが多い。

母さんは時折、「うん」と相づちを打つことはあっても、僕を直視することはない。アンニュイな相づちは不定期にやってくるが、タイミングに関しては絶妙。さすが母親といわんばかりだ。何もテンポが良いことだけや、丁々発止のラリーだけが阿吽の呼吸を生むわけじゃない。

僕の報告内容の第一部、〈今日の学校生活について〉がオチた時、気付けば母さんは、とうに爪切りを終え、いつの間にかタバコの断面を灰皿にこすり付けていた。そして間髪をいれずにチェーンスモークするため、ライターをカチリと鳴らした。左膝は相変わらず抱えたままだ。

一緒に暮らしていた頃はタバコなんか吸っていなかった。それが、父さんと僕と離れて暮らすようになり、吸うようになった。銘柄は父さんが吸っていた「キャメル・ナチュラル・ライト・ボックス」。母さんいわく、「あの人が吸えない体になったのが可哀想に思えちゃって」ということなのだそうだが……。

白んだ煙が天井に吸い込まれていく様に目を奪われていたら、母さんは僕と同じ方向に目をやりながら、そっと口を開いた。

「原先生って、イケメンなの？」

僕の話した内容へのコメントではなかったけど、気落ちはせず、少し椅子を引いて会話を再開した。

「まあ、誰が見たってブサイクだね。国境を越えてみない限り、お世辞でもイケメンと呼んでくれる人はいないと思うよ」

母さんは鼻で息を吸い込み、口から白い輪っかを吐き出してみせた。いつの間にそんなことができるようになったのだろう。でも、長い時間、輪を保てるほどではなかった。

「デブだし、ヒゲは中途半端に剃らないし、いつもじんわり汗臭いし。身長は僕と同じくらいだから、百六十五とかかな？　女子には基本、キモがられてる。

年は三十歳ちょい越えてて、一度も彼女できたことないみたい。本人は二人と付き合った、とか言ってるけど、エピソードが薄過ぎて嘘っぽいし。ああ、なぜか目だけはパッチリしてキレイなんだけど、それが余計キモいんだよね」

「ふふっ。『変な顔だ、だが目は美しい』か」

原先生の特徴が頭に浮かんだのか、そしてそれをどう思ったのかは分からないが、母さんは小さく笑った。

「将棋指せるの？」

「えっ？　将棋？」

唐突な質問に少し目が泳いでしまった。もしかして、この部屋に呼ぶ気だろうかと不安になったからだ。

「た、たぶん、できないと思うよ。軟式テニス部の顧問だし」

テニス部の顧問だから、イコール将棋は指せない、というのはかなり雑な回答だ。

「そう。まぁ、聞いといてよ。テニスは上手なの？」

「いや、プレイヤーとしての経験はゼロだって。ホントに、ただの顧問」

「それは、それは。いつの時代も、大半の教師と学生にとって不幸な話の象徴ね」

母さんはそう言うと、半分ほど吸いしろを残したタバコを灰皿に仮置きし、もろきゅうを一つ、口に入れ、コリッと噛み砕いた。

「倫子《みちこ》さん、これ以上ライバルを増やすんかいな」

隣の和室から、嗄れた声が母さんを呼んだ。六畳の煤けた畳の部屋。その先にはベランダがあって、窓からちょうど夕焼けが覗いている。中央の畳に配置された将棋盤を挟み、僕と母さんの位置関係と平行に、五、六十代とおぼしき男が二人、対面して鎮座している。今日はどちらが勝ち、今晩、母さんと時間を共にする権利を得るのだろうか。二人以外に戦局を見守る審判団や解説者はいないし、僕は判定ができるような中立的な立場にはない。

「宮武さん、勝ったことないじゃない」

宮武、と母さんに呼ばれた嗄れた声の主は、股引姿。髪も眉毛も白く、発音からは歯が揃っていないことが窺える。一九八〇年代にフリーの傭兵として活躍し、イラン・イラク戦争に密かに参加した時に、利き腕である右腕を失ったというが、高校生の僕が聞いても信憑性はクエスチョン。一見、将棋が強そうにも見えるが、どうやら見かけだけ。負ける時にはいつも、利き腕じゃないことを言い訳にしているようだ。あと、どうでもいいが、糖尿気味だそうだ。

「金か、角取りじゃ」

宮武の相手を務める男は、水色のポロシャツにカーキ色のカーゴパンツをはき、裸足の対戦相手に対して紳士ぶりでも負けない、というように、夏でも踝をしっかり覆う靴下を履いている。宮武より年齢は下に見える。

母さんは彼には声をかけるそぶりすら見せなかったものの、二人の間を流れる気流の心地よい澱みが、息子の僕にはなんとなく分かる。

母さんが一人で住まうこの場所には、一定数、僕とは血の繋がりを持たない男達が出入りしている。けれど誰でも彼でもというわけではなく、僕なりにルールを考えてみると、①成人男性であること、②将棋がさせること、③伴侶がいない（離別・死別含む）、の要件が必要なようだ。

母さんが出所してから生活に組み込まれたこのシステムに、僕は初めの頃はもちろん混乱したが、見慣れてくると、コスパの良い合理的な道楽にも思えた。見も知らない不特定多数の男達が母さんの家に出入りすること自体、普通の家族だったら正気じゃいられないんだろうけど、僕の心はいたって落ち着いている。それこそが、母さんとの絆の証左だ。

今こうして平穏な母さんの横顔を見ていられることが、どれだけ幸せなことなのか、母さんを女としてしか見ることのできない些末な視床下部に踊らされ、貧弱な前頭葉で将棋を指す連中には毛頭分かるまい。

一度壊れた物が再構築されることの喜びは、壊れる前を知る者でなければ味わえない。その過程にこそ、血の繋がった者しか立ち入れない、神聖な領域が存在するんだ。それは、あの日の発露を体感した僕にしか、決して分からないものなんだ。

＊

例年より少し多めの台風が、列島に被さっては北の海に溶け込んでいったあの年、秋口の朝は寒く感じられる日が多かった。

この日、澄んだ空気が眠気を醒ますほどには体は追いついていなかったけど、キッチンに立つ母さんの後ろ姿はハッキリと見えていて、いつものように筋の通った直立だった。でも、野菜を切るテンポは少しスローに感じられたし、手元をまともに見ずに、キッチンのすりガラスから透過する朝日を真正面から浴びていて、どこか歪さをまとっていた。

父さんは、先に座った僕と母さんの間を遮るように、僕と向かい合わせで座り、経済新聞を広げた。

「ちょっと朝飯作るんが遅いんとちゃうか。リズム狂うわ」

いつもどおり、父さんは小言を母さんにぶつけて、一日を始めた。母さんは特に返事もせず、包丁をまな板にコトン、コトンと落とし続けた。

父さんが三回ほど紙面をめくり、先に出ていた白いカップに手をかけ、一口飲み込んだ。

「おい！　コーヒーぬるいやないか！」

僕の目の前で母さんに背を向けたまま、父さんが声を荒げたあと、少しの間があったことは覚えている。そのあと無音で右手の包丁を置いた母さんは、直角に右を向き、右足を一歩踏み出して、左足を揃えた。そして今度は直角に左を向き、ガスコンロで温め始めていた何も入っていないフライパンと向き合うと、左手で柄を握り、時計回りに捻った体の勢いをフライパンの裏面に乗せ、そのまま父さんの左側頭部に、

――ガンッ!!

とスマッシュした。

僕は一瞬ビクッとして、そのあとは動けなかった。椅子から転げ落ちてのたうち回る父さんに、眼球の中心を合わせて凝視するだけだった。

「フォルト」

と、母さんは一言だけ呟いた。高校の頃、硬式テニスでインターハイに出場していた時も、きっとそんな姿だったんだろう。ラケットを眺めるようにフライパンの表裏を確認したあと、丁寧にコンロに戻し、弱火をカチリと消した。

「岳《たける》ちゃん、救急車呼んどいて。洗濯機回してくるから」

そう言ってエプロンを外し、キッチンから出ていく母さんを目だけで見送った。

テーブルの上にはコーヒーがこぼれていて、僕はなぜか自分の制服に飛んでいないかをひと通り目視してから席を立った。そして、震える右手で固定電話の受話器を耳に当て、左手で一一九をダイヤルした。なんと説明したかはよく覚えていない。頭蓋骨の内側ではまだ、フライパンが父さんにヒットした波紋が響いていた。

しばらくして救急車が到着し、他人が敷居を跨ぐ慌ただしさの中で、僕はテーブルの上で頭を抱え、母さんは布団を干していた。

「岳ちゃん、乗ってってあげて」

「え、僕が?」

「うん。お母さん、家事終わらせて、保険証持ってあとから行くわ。学校には連絡しとくわね」

「う、うん、分かった……」

非日常的なメロディーラインにもかかわらず、布団叩きのトーンやテンポは日常を正確に保ち続けていた。

そこから先は、外方向へのサイレンの音と、車内に乱反射する父さんの呻き声を聞きながら、僕は救急車の独特な匂いに慣れるよう、短めに鼻呼吸を繰り返した。でも、落ち着かせようとするほどに心拍は肋骨を強く叩き、時折、新しい何かを感じさせる鼓動を混じらせた。

*

そのあと、なんだかんだあって、僕らにはアクリル板越しの親子として過ごした期間が二年ほどあった。僕は近所で一人暮らしをしている母方の祖母の家に引き取られ、月に一回、刑務所に通う生活を送った。

面会をスタートした頃は、会話を続けることが難しかった。僕自身、あの日の波紋がまだ耳に残っていたし、面と向かっている人間が母さんの皮を被った何者かなのではないかと、疑心暗鬼だったからだ。母さんは母さんで基本、俯いていて、十分に一回ぐらい、思いついたことをボソッと話すだけだった。

それでも何度か通ううちに多少のコミュニケーションは辻褄が合うようになり、お互いに話すテンポを少しずつ取り戻していった。

「父さんの様子はどう？」

「最近は安定してるみたい。透明文字盤にもだいぶ慣れてきたって、先生も言ってた」

「幸せそうかしら？」

母さんは左側頭部をポリポリと掻き、爪の隙間を覗いてそう言った。

「シアワセ？」

「そ、幸せ」

シアワセってなんだろうか？　僕は右手で下唇に触れ、目線を下げて考えるフリをした。当然、頭の中は真っ白だ。

「父さん、ここ一、二年くらいはいつもイライラしてたし、形はどうあれ、今は平穏な日々になって、どうなのかなって思って」

「そうだね。きっと、そうなのかも……」

体の自由を奪われて得た平穏が、心まで穏やかにするはずはないと思ったけれど、本人に聞いたわけじゃないし、断定もできない。

顔を上げると、母さんの口角は少しだけ上がっていた。

「あ、あと、この間書いた手紙は読んでくれた？　何か反応してた？」

「え？　ああ、手紙ね。喜んでたと思うよ、たぶん」

「そう。だとしたら嬉しい。全部読んだの？」

「うん。」

「すごいわね、喉渇いたでしょ？」

僕は先週、便箋十枚以上にわたったそのラブレターを、父さんの前で朗読した。それは〈フライパンが家宝になった日〉と銘打たれ、「あなたがサイレンに連れていかれたあと、洗濯したばかりのあなたの濡れた靴下の匂いを、思い切り鼻いっぱいに吸い込みました」というセンセーショナルな書き出しで始まっていた。そして、これまでの人生を振り返りながら、いかに父さんとの出会いが母さんにとって大きなものだったかが綴られていた。

これまで僕の知らなかった世界の詳細が、僕の知っている母さんとは別人の言い回しで表現されていて、意味不明のセンテンスもたくさんあったけれど、不思議な刺激に満ち、僕の嫉妬心を掻き立てた。

　朗読中、父さんはずっと僕を睨み、時には可動できる範囲でベッドを軋ませて抵抗していたけれど、僕は決してやめなかった。

「受け取ってくれたのね。よかったわ」

「病室の、鍵のある引き出しのところに入れておいたよ」

「そう、ありがと。本当はここに来てすぐ書いたんだけどね、気持ちを羽化させるまで時間がかかっちゃって。左手で書くのは子供の時以来だから、伝わる文字に見えるまで温めたの」

　この頃、母さんの話す言葉の変化に僕はまだついていけていなかった。だから、病室の鍵のある引き出しにあるはずの手紙は、僕の寝床の枕元にあって、時折読み返しては理解に努めた。母さんの言葉をリフレインするうち、少しずつ体に染み込んでいくのが感じられたし、母さんと父さんのことがあって、学校でのイジメがエスカレートしていた時期だったから、母さんの心に近づけば、僕も新しくなれるような気もしていた。

「あ、岳ちゃんね、今度、おじいちゃんとおばあちゃんも連れてきてよ。やっぱり息子のことを両親が納得していないっていうのは、嫁としてどうしても引っかかるから」

「それは難しいと思うよ。まともに母さんと話し合える状態じゃないし、孫の僕が行ったたって、もう前みたいに優しい顔して出てくるわけじゃないからね」

「お願いよ。父さんのことを納得せずにお墓に入っていくのは、絶対に不幸だと思うわ」

「おじいちゃんもおばあちゃんも普通の人だから、意味が分からないと思うよ」

「だったらなおさら、って言ってるじゃない。息子が常人に戻れたことを、どうして喜ばないのかしら？」

人格の変化に対する不安は拭えなかったけれど、どういった方向にせよ、母さんが前向きに人生を考えることができるのは、息子としては喜ばしかった。

やがて出所したあと、頃合いを見計らって、母さんは公言どおり父さんを見舞った。体の動かない父さんは、動かせる限界まで体を揺らし、喚くというよりは呻いて、母さんへの敵意を剥き出しにしていた。

「あなた、落ち着いて。まずは愛する嫁がカムバックしたことを嬉しく思って。それ以外の感情は、そのあとよ」

そう言って父さんの額を撫でる母さんと、首を振る父さん。

「母さん、それはもう、父さんなりに嬉しい表現をしていると思い込んだ方が早いんじゃない？」

「岳ちゃん、感情の差し替えはダメよ。不幸の素。素直に、素直に……」

そう言って繰り返し父さんの頬をさする母さんは、呆れるほど可愛くて、僕は手を広げて首を振り、お手上げのポーズを取った。

「あなた、これから少なくても週に二、三回は来るわね。また一からお互いの愛情を育み直しましょうね。ティ・アモ」

でも、母さんが願った頻度で面会することはなかなか達成されなかった。母さんが見舞ったことを、僕がおじいちゃんとおばあちゃんに伝えてしまったからだ。二人は病室の前に陣取り、激しい剣幕で母さんを追い返すことが続き、ついには母さんが折れた。それ以降、僕は祖父母の行動をリサーチしながら、母さんに然るべき面会のタイミングを伝えるメッセンジャーボーイとしての仕事を担うことになった。

今では母さんも要領を得て、僕がそんなことをしなくても、うまくいけば週に一、二回、面会することができる。

この前、久々に父さんと母さんが面会する場に立ち会った時、父さんはとても落ち着いていて、母さんの言う「愛の育み直し」が着実に進行していることを実感した。それは同時に、僕自身の中にも〝家族〟の奪還やリバイバル、またはリブートを意識させて、そこに生まれる「愛」を咀嚼させることになった。

＊

父さんとの親子ごっこといえば、小学生になったばかりの頃のキャッチボール。父さんは昭和世代のスパルタを絵に描いたようなキャラクターだったが、僕は小さい頃からその血を微塵も引いている気がしていなかった。よく遊んでもらったとは思うが、キャッチボールひとつ取っても、僕には地獄のようなものだった。

「ちゃう、ちゃう！　何回言えば分かるんや！　体の真ん中でキャッチするんや！」

高校三年生の時、強豪ひしめく大阪で番狂わせを次々と起こし、甲子園は叶わなかったものの地方予選で準優勝を経験した父さんは、五番・レフトの長距離ヒッターだった。その年の高校野球雑誌でも取り上げられ、雑誌ごと額縁に入れてずっと飾っていた。学生時代の栄光と、その先にあった辛酸は、その汗臭ささえも聖水として心にいつまでもプールされるものだ。

親子間における一早い元服の小道具を押し付けられて納得する奴なんて、ほとんどいないと思うが、それはうちの家においては《野球／甲子園》だった。無理やり入れられた地元リトルリーグチームも、当然のことながら早々にやめた。それでも父さんは事あるごとに僕に野球を押し付け、プロ野球の試合にも幾度となく連れていかれた。僕はもはやスポーツに興味を持つことすらなくなり、運動神経の悪さも相俟って、丸い球を見るだけでストレスを感じていた。

もちろんそれ以外にも、心と環境が常に折り合わない思春期特有の影響は大いにあったと思うが、僕は次第に父さんと距離を置くようになった。小学校の成績は悪くなく、父さんに口出しの余地を持たせなかったことも、一定の距離感を保たせるには十分な理由になった。

そんな父さんが荒れ始め、母さんに暴力を振るうようになったのは、僕が中学二年生になり、夏休みを目前に控えた頃だった。

最初の印象的な出来事は、父さんが出張から帰ってきた日の夜だった。時計は二十二時を回っていて、アルコールの臭いをしっかり振り撒きながら、据わった目でリビングに現れた父さんは、どこを見ているでもない様子だった。

「あら、おかえり」

父さんが母さんの明るい声のする方へ、すなわち父さんから見て右の方へ、両目玉だけをスライドさせて、いつもとは違う異様さを放ったことに、僕ら二人は悪寒が走った。直接風が人に当たらないように制御されたクーラーのせいにはできなかった。

「お前、替えのYシャツ、一枚入れ忘れたやろ？」

低くて小さい、けれどズシンと重たく、よく聞こえる声で、父さんはそう言った。

「え、私、一枚入れたはず……」

その弁解を遮り、母さんの方へ一泊二日用のキャリーケースが飛んだ。母さんは咄嗟に両手で体の左手側を防御し、顔を守ることはできたが、僕からは口元が「痛い」と動くのが見えていた。

「なんで一枚だけなんや！　こんなくそ暑い時に外回りすんねんから、二枚入れとけや、ボケ！」

母さんは左腕をさすりながら、習慣化されていない要求に混乱した様子だった。

「ビールや！　ビール！」

「ないです」

「なんでないんや？　出張から帰ってきてビールの一本も出ぇへんとは、お前も偉なったもんやな」

「だって、あなた、今晩は飲んでくるからって……」

「やかましい！　ツベコベ言わずに買うてこい！」

父さんは暴言を吐くと同時に母さんの髪を掴み、何度か頭を揺らした。飲んで帰る日は、家で飲み直すことなんかこれまでなかったのに。

「ちょっと……」

初めて見る光景だったから、僕はそのあとの「やめろよ」の言葉がうまく出ず、さらには父さんの睨みと目が合ってしまい、萎縮してソファに座り直すことになった。それでも子供心に何かしなくてはと思ったんだろう。

「ぼ、僕が買ってくるよ……」

と、か細い声を出していた。

「岳は早よ寝ろ。何時や思てんねん。こういうのは嫁の仕事なんや」

もう中学生になり、夜更かしの背徳感を楽しめる時間帯にはまだなっていなかったが、言われるがまま、僕は二階の自室に向かった。

布団に入っても当然、すぐには眠れなかった。夜目が利き始めるまでさほど時間はかからず、窓から差し込む月光に追いやられた暗闇は僕の足首につかまって、なかなか消えようとはしなかった。

無理やりに目を瞑り、ようやく意識がエスケープし始めた頃、ガタガタと何かが揺れる音と、父さんのがなる声、母さんの泣き喚く声が連続的に聞こえた。

翌朝、母さんは赤く目を腫らし、リビングには生臭い空気が漂っていた。


そのあとしばらくして、僕が夏休みに入ったばかりのある日、父さんが変化した理由を知ることになった。

「おはよう。パン焼くから、ちょっと待っててね」

朝と昼の間に起きてきた僕を見て、母さんがパタパタとスリッパを鳴らしながらキッチンへ入っていった時、固定電話のアナログな電子音が響いた。母さんはパタパタとそちらへ赴き、受話器を取った。

「はい、杉崎《すぎさき》です。はい。……え？　主人がですか？　今日……は、いつもどおりの時間に出ていきましたよ？　はあ。……連絡？　取ってみます。はい。はい。最近、ですか？　特には……。はい。いえ、何も聞いていない、というか、仕事の話は家ではほとんどしないものですから……。ええ。……え？　今から、ですか？」

母さんは一度僕の方を振り向き、そのあと固定電話の上に掛けられた丸い電波時計を見上げた。

「構いませんが。……はい。ええ。ヤジマさん、ですね。はい。お待ちしております」

僕は父さんが今日出社していないこと、そして、これから会社の誰かしらが来ることを察した。そして母さんが電話口で、最近、父さんに変わったことはないかと聞かれたことも分かったし、「特には」と返答して小さく嘘を付いたことも。

「お父さん、会社行ってないみたい」

母さんは振り返って僕に告げながら、それとなくスマホのディスプレイを叩いて耳に当てたものの、

「ダメね、電源切ってるわね」

と、すぐさまスマホをリリースし、再びキッチンに行った。

無言で僕の朝食を作る母さん。

僕は目の前に出されたトースト、サラダ、目玉焼き、ベーコン、オレンジジュー

スに、それぞれ一度ずつ口を付けた。

「誰か来るの？」

目の前に座った母さんはスマホに目を落とし、何をすべきか思案を始めたようだ。

「部下のヤジマさん、っていう人が来るんだって。会社のこと、何か聞いてませんか、だって。知るわけないわよね。何があったのかしら？」

そのヤジマという、見た目は二十代半ばといった感じのサラリーマンがインターフォンの音に遅れてリビングに入ってきたのは、十一時を少し過ぎたあたりだった。

「コーヒーでいいですか？」

「おかまいなく。あ、こんにちは」

リビングの僕に気付き、頭を軽く下げた彼に対し、僕は座ったまま、視線を逸らした会釈で思春期らしく返した。

「お砂糖とフレッシュは？」

「あ、ブラックで大丈夫です」

おかいまいなく、と言ったのに、次のやり取りではコーヒーを受け入れる前提で話が進む。僕にはまだ、大人のそんな部分がよく分からなかった。

「旦那さん、連絡取れそうですか？」

「いえ、電源切ってるみたいで。今朝は普通だったと思うんですけど……」

僕にとっては父さんが母さんに暴力を振るったあの日から、〝普通〟なんて思ったことは一日もない。

「そうですか……。今朝、会議に出席するはずだったんですけど、時間になってもいらっしゃらなくて、杉崎さんが必要な会議だったので、上の人が怒っちゃって。『お前、家行って確認してこい！』って偉い人に言われて、こうしてお邪魔した次第です」

「はあ、そうなんですね……。でも、今までこんなことなかったから。……矢島さん、主人、会社で何かあったんでしょうか？」

「ええ……、あ、いや、本当は会社の中で処理すべきことなので……、ご家族に言うべきことではないんですが」

「教えてください。確かにこの頃、少し様子が違うような節はあったので」

少し様子が違う、なんて、世間体のために矮小化した表現が、子供の僕には気持ち悪く思えた。

「同じ部署に新入社員の女の子がいるんですけど、実は先日、杉崎さんがきつく怒ったことがあって、それをきっかけに実家に帰っているんです」

「あら、そんなことがあったんですね……」

「僕らからすれば、パワハラの域では到底ないと思うんですけど、なにぶん、こう、なんつうっんすか？　ジェネレーションギャップっつうんでしょうか。うまくコミュニケーションが取れなかったみたいで……」

家での父さんの様子を見ていれば、昔気質のバリバリ体育会系というのは分かりきっている。

「会社側の対応も曖昧で、僕も腑に落ちない部分はあったんですが、彼女のご両親からお叱りの電話があったので、先週、彼女の実家へ謝罪に行ったんです。一応、僕が彼女の指導員だったんで、僕も帯同したんですけどね」

僕は父さんの先週の出張が通常の出張ではなかったことに気付いた。

「杉崎さんは、『関西の交渉事は漢気《おとこぎ》が全てや。頭下げるも一緒や。親父さん、地元丹波篠山の名士なんやろ？　漢見せたら分かってくれへんはずがない』なんておっしゃってたんですが……」

聞けば、会って座敷に通されるなり、向こうの父親にお茶をかけられたとのことだった。父さんと矢島さんは、頭を下げつつ淡々と話を進めようとしたが、機関銃のように、ある事ない事を浴びせられ、話は平行線だったらしい。父さんの心証を想像すると、拳の一つや二つ、震わさずにはいられなかったことだろう。

「こちらは、少々パワハラがあったのかな、というぐらいの意識だったので、指導の仕方、コミュニケーションの取り方を改めます、という謝罪のつもりだったんですが。宴会の席で胸を触られただの、可愛いねと体を上から下まで舐め回すように見られただの、杉崎さんには身に覚えがない言葉ばかりが飛んでくる有様で……」

「そうなんですね……」

何が事実かなんて、よく分からなかったが、少なくとも一枚余分にYシャツの替えを求めていた理由は分かった。

「結局、本人は出てこなくて、次の日も訪ねたんですが、門前払いでした」

母さんは返答が難しい話が続き、押し黙って下を向いてしまった。

「杉崎さん、最後まで堪えたんですが、こちらに戻ってきてから爆発しちゃって、二人で飲んだら大荒れでした」

「確かにあの出張の日は、相当に飲んで帰ってきましたけど……」

「そうですよね。二軒目で行った僕の行きつけのバーに入ったら、ちょっと止められない状況になっちゃって。『あることないこと言いやがって！　胸を触るってのは、こういうのを言うんや！』って店の子に触っちゃったら殴られて、そりゃあもう大変でしたよ。……ああ、すみません、余計な話まで……。とにかく、旦那さんと連絡ついたら教えてください。私は心当たりのある場所を当たってみます。今日は杉崎さんと会えるまで戻ってくるなと指示されてますので」

ぬるくなったコーヒーをグッと口に含み、矢島さんはリビングを出た。あとを追った母さんは、しばらくして戻ってくると、リビングのドアをカチャリと閉ざし、鼻から深く溜息を落とした。

　結局、その日は母さんからの電話に父さんが反応することはなかった。夕方、自宅の電話がけたたましく鳴ったが、矢島さんから、父さんが帰宅したかどうかの確認だった。その時、僕は父さんの会社の定時が十七時三十分だということを初めて知った。

　溜息を受話器に吹きかけたあと、母さんはパタパタとスリッパを鳴らし、キッチンでエプロンをまとった。

「ハンバーグでいいでしょ？　一つ？　二つ？」

「まだあんまりお腹すいてない」

「じゃあ、大きめに一つ、作るわね」

　しばらくすると、ヌチャ、ヌチャ、と歯切れの悪い音を立てて挽肉が捏ねられていき、やがて両手ではたかれて形を整えられていった。フライパンの油が跳ね返る音も今日は小うるさく聞こえ、匂いで誘われたところで、僕の胃袋は受け入れ準備をしようとしなかった。

「さ、食べちゃいましょ。岳ちゃんの分、結局大きいの二つ作っちゃったけど」

「大丈夫、食べれるよ」

「そ、なら良かった。いただきます」

「いただきます」

具材を歯ですり潰す音、箸と茶碗が当たる音、水分を口唇が吸い込む音、そのどれもが独立して矢継ぎ早に鳴り、一度も調和しようとはしなかった。時折、食事音の合間を縫って現れる秒針の音さえも、決してリズムを合わせようとはしなかった。

「ごちそうさま」

僕は重たい腹をさすってリビングのソファに横たわり、テレビをつけた。

夕方のニュースは後半の地元のトピックに移っていて、改善された学校給食の様子を、「美味しい」とナチュラルに評す小学生の笑顔で伝えていた。きっと、不安や不信を煽る日本と世界のニュース、本当は何も知らない新橋の思考ストップサラリーマン、結局は自分のことしか考えていないその他凡民諸々の的を射ないインタビューを飽き飽きとこなし、帯番組のストレスから解放されるこの瞬間を、アナウンサーは待ちわびていたのかもしれない。実は答えのないことばかりなのに、さもありなんと無責任な味付けをする報道の仕事に皆、内心では悄然としているのだ。子供達の映像を見たキャスターやコメンテーターの表情は、それくらい柔和に見えた。

「今の子達はいいわね。私の時なんか給食にクリームシチューが出ただけでお祭り騒ぎだったわよ」

そう言って、母さんはハンバーグの最後の一片を口の中で挽肉の形に戻し、早々に片付けを始めた。キッチンでは勢いのいい水の音と、食器同士が嫌々こすれる音が重なっていく。

やがてニュースは「また明日」とカメラの位置を高く引いて終わり、芸人や俳優、アスリートやITビジネスの寵児がよく区別されたクイズ番組へとバトンを繋いだ。

「マッケンジー？　だっけ？　ママ友の女子会でも、最近よく話に出るわ。シュッとしてるわよね、シュッ！　っと」

母さんはレモン酎ハイの缶を片手に、僕が寝転んでいるソファの端に座った。

時計の針が釣竿のリールをゆっくり巻くように、しかし糸の先の手応えをハッキリ感じているように小さく鳴っている。針先はこの家の主人のベルトにでも引っかかっているのだろうか。

「お～と～こだったぁ～ら～、ひとつに～かける～」

僕の知らない歌を口ずさみ、二十一時を回る前に父さんは帰ってきた。ドスの利いた歌声からは、肝臓が全速力でアルコールを分解している様が伝わってくる。

「か～け～て、も～つれた、な～ぞをと～くぅ」

廊下からリビングに繋がるドアはガラスが二×四ではめ込まれていて、父さんの帰還に震えてリアクションした。そして、ドン、と音を立てて食卓用の木の椅子にカバンを置き、父さんは母さんの方へ直線的に進んだ。相当酔っ払っている感じだったのに、ひどく真っ直ぐ歩いていた。緩んだネクタイは青色で、僕はそれを見て父さんのルーティンを思い出し、今日が火曜日だったことも思い出した。

「あ、あなた、お帰りなさい……」

母さんは動揺して震え、胸の前で左手を右手でギュッと包む。

「相当、飲んでいらしたのね」

父さんは母さんと唇を合わせそうな距離までスッと詰めた。

「外は暑かったでしょう？　こんなに、汗かいて……っ！」

父さんの額に触れようとした母さんの右手は、あえなくその首元をしっかり掴まれてしまった。

「おぅい、岳ぅ。これから父さんと母さんは、熱かったあの日のように恋人の時間を愉しもうと思うんだが、思春期のお前には、ちーっとばかし刺激が強過ぎる気がするんや……。悪いけど、部屋に戻ってはくれやせんかねぇ？　え？」

千両役者のお手本のように目が据わっている。

僕は反射的に母さんを守らなきゃいけないという衝動に駆られたが、どうアクションすればいいのかは分からなかった。

「返事がねぇな！　おい！　ったく、誰の金で生かされてんのか、分かってねぇみてぇだな！」

「岳ちゃん、お風呂、沸いてるから……」

凄んだ父さんと目が合ったまま硬直した僕を、母さんはなんとか動かそうとした。

僕は父さんとじっと目を合わせたまま、ゆっくりとあとずさってリビングを出る。

「だぁれがよんだか、だぁれがよんだか――」

ドア越しに鈍く聞こえる歌声は、さっきよりさらに気の滅入る音になっていた。

僕は風呂場には見向きもせず、二階に駆け上がって自室の内鍵を閉め、クーラーをつけて布団に潜り込んだ。でもあいにく僕の部屋はリビングの真上。リズム感のない、バタン、ドタンという音の合間に、母さんの金切り声が響く。僕はシェルターに逃げ込むように、ヘッドホンをスマホに繋ぎ、体に感じる振動を少しでも勘違いできるよう、ＥＤＭを鼓膜に流し込んだ。

翌朝、ドアのガラス越しに父さんがいなくなっていることを確認し、ゆっくりリビングに入った。窓が多少開けてあったけれど、室内の空気は淀んで漂っていた。「おはよう」を交わす日じゃないことは、母さんも僕も理解していた。

キッチンでサンドイッチを作る母さんの横顔は、目元と口元に紫色が目立ち、結んだ髪もまとまりに欠けていた。僕は新聞のラテ欄に少し目を通したあと、長期休みにしか見ることのできない朝の情報番組に意識を持っていった。

しばらくすると、母さんの方からは小さな歌声が聞こえ始め、よく聞くとそれは昨晩、父さんが歌っていたものだった。

「な〜んだか〜んだの……、なんだっけなー？　ナントカ下、う〜ん。ミョウ……ナントカ下……」

僕は背中に悪寒が走り、肩には力が入った。

「岳ちゃん、今日は家でゆっくり？」

「いや、今日は友達と映画」

「あら！　何見に行くの？」

「まだ決めてないけど」

「晩ご飯までには帰ってくる？」

「たぶん遅くなるから、大丈夫、いらないよ」

「オッケー」

本当はそんな予定なんかなかったけど、今日は家の空気の中で過ごすような気分にはなれなくて、電車で三十分かかる渋谷にわざわざ出向き、日がな一日ゲームセンターに身を委ねた。

＊

母さんの苦悶が膨らむほどに、家の中では一秒がより長く感じられた。だから僕は夏休みが終わると、放課後も休日もゲームセンターでバーチャルに時間を進め、周りと同じ二十四時間になるように過ごした。

唯一、家に早く帰る日は、父さんが出張で帰らない日。息子として何もできない自分でも、母さんと二人きりの食事と、その前後の時間は大事にしようとなんとなく思った。

その時間を重ねるごとに気付いたのは、母さんの化粧の色合いが次第に濃くなっていったことだ。瞼は紫がかり、ルージュにはラメが散っていった。父さんのDVが蓄積するほどに、その色は濃くなっていくように思えた。

最初は傷を隠しているんだろうかと考えたけれど、それだけではない感じもしていたし、前に写真で見たイケイケだった頃の母さんのようにも思えた。

「なぁに？　岳ちゃん、そんなにジロジロ見て」

「いや、別に」

「何か付いてる？」

「いや、大丈夫」

この日は、増していく化粧の濃さに加えて、小さなイヤリングも付いていた。

「母さん……」

「何？」

「僕が生まれる前とあとで、何か変わった？」

「何よ、急に」

急にどうした？　と思っていたのは何より僕自身だったけれど、変化していく家庭の様相に、自分自身の存在意義が対応できるものなのか、内心で探っていたのだ。

「そりゃ変わったわよ。それまでお父さんと二人で恋人の延長やってたのが、いきなりパパママになるんだもの」

母さんは食後の紅茶をテーブルに二人分置き、僕と向かい合って座った。金色に縁取られたカップとソーサー、葡萄色《えびいろ》の紅茶。これもこれまで見なかった風景だ。

「こんな入れ物あったっけ?」

「ああ、これ? お父さんとの思い出の品を漁ってたら、結婚した時にもらったのが出てきてね。ボーンチャイナ? とかいう陶器らしいわ」

「そうなんだ」

よく見ると赤と黄色の花が濃淡を付けて彩られていて、中学生の僕が手にするには恥ずかしい代物だった。

「岳ちゃんがお腹にいる時、お父さんは海外出張の多い部署になったの。出産の時もマレーシアから帰ってきてギリギリ間に合った。それからはホンット、てんやわんやの日々。岳ちゃん中心に杉崎家の宇宙はぐるぐる回り始めたわ」

それから母さんは、僕の記憶に薄い幼少期の思い出を話してくれた。時々、恋人時代の話に飛んだり、関係のない最近の出来事に話題が展開されたりして、言葉がチグハグになることも少しはあったけど、僕が産まれたことの意味や、これまでの存在意義が、オーダーした問いかけ以上にたくさん返ってきた。

それにしても、笑顔で身振り手振り話す姿は、暴力を振るわれている人間だとはとても思えない。口元の傷や手首の痣がなければ、なおさらだ。

「二人でいた頃はね、お母さん、いつもお父さんの右側を歩いたの。それがありのままでいられたことの証明だった。あなたはその間に入って、お父さんの右手と、お母さんの左手のブリッジになったのよ。それはそれは大事な幸せ大使の役割なんだから」

幼少の頃に利き手を修正された母さんは傍目には右利き。その大事な左手を今でも僕が握っていて、僕の前でしか本来の姿で笑えないんだとしたら、それをより良く守ることが僕の使命なんじゃないかと思った。信じていたはずの父さんが使い物にならなくなったんだったら、僕はそちらの手を離せばいいだけで、母さんにとっては愛くるしい息子がいさえすればいい。紅茶に映る僕の目は、そんなことを言っていた。

「大丈夫よ、岳ちゃん。今はちょっとうまくいかないだけ。お父さん、根っから立派でカッコイイ人だもの。またすぐ元どおりの家族になるわ。お母さんの勘はだいたい当たるのよ」


結局、その希望的観測を口にした次の日の夜、母さんはいつもより悲痛な声を上げて父さんの愛を受けていた。それがどんな現象なのかは、僕は一度も実際には見ることはなかったけれど、普段の生活では生まれるはずもない壁や床の傷が少しずつ増えていって、僕の内側にも痛みのないかすり傷が知らぬ間にできているように思えた。時折、その傷口からバイ菌が入って致命傷になりそうな気持ちが表れて、そのたびに僕はよく手を洗うようになっていった。

人は愛する者を傷付け、傷付けるものを愛する――。街のどこかで聞いた何かのキャッチーコピー。そんなインチキで愛だの何だのに包含して丸め込もうなんて、都合が良過ぎる。少なくとも、僕達家族にはそぐわない、軽はずみな言葉だと思った。

＊

母さんは出所したあと、三人で暮らしていたあの一軒家に戻ったが、僕は周りの大人達が言う「精神的影響への考慮」という名の横槍に邪魔をされ、引き続き祖母が一人で住む県営住宅に拘束された。しかし、しばらくして母さんが突然に現れ、

「今の私には、こっちね」

という一言で、住まいを入れ替わることとなった。

それから半年ほどは会うことを拒絶され、僕にとっては変なフラストレーションを溜める期間になった。かと思えば、やがて高校生活も二年目の入口が見え始めた頃、母さんは急にやってきて、

「岳ちゃん、ハワイ行こ！　ハワイ！」

と言い出して、僕とばあちゃんを慌てさせた。

「お母ちゃまは残念ながら、今回はお留守番ね」

そこからのスケジュールは何も教えられぬまま、ドタバタと成田へ連れていかれ、あっという間に機中の人となった。母さんのテンションに引っ張られ、興奮と耳鳴りのやまない僕は、呼吸を整えるのに苦労した。

「大丈夫？　血圧ハイスクールスチューデント？　ＯＫ？」

「うん。飛行機、久しぶりだから、ちょっと緊張してるけど」

「いいわね、若い証拠よ」

やがて回ってきた機内サービスでオレンジジュースを頼み、ようやく落ち着きを感じることができた。

「なんで急にハワイに行こうと思ったの？」

「なんかお隣さんが昔行った話を聞いてたら、行きたくなっちゃって」

「それだけ？」

「それだけよ。逆にそれ以上の理由ってあるかしら？　思い立ったがヨシジツでしょ？」

「キチジツね」

「あら、ちゃんと勉強してるのね。感心、感心」

僕と母さんは周りがそうであるようにすぐ手持ち無沙汰になり、席の前のポケットを探った。

「ねぇねぇ、岳ちゃん、なんで飛行機は緊急時に酸素マスクが落ちてくるか知ってる？」

「そりゃ、気圧のバランスが崩れて呼吸に影響が出るからだろ？」

「違うわ、酸素を吸えばハイになるからよ。ハイになれば、運命だって何だって受け入れられるのよ。見て、説明書の人形も笑ってるでしょ？」

旅先の爽快な海が特集されたカタログの裏にあった、緊急時の対応が書かれた硬い紙の上で演じている男女は、僕には決して笑っているようには見えなかった。


ハワイまでの空はおおらかで、離陸時以上の衝撃は起きなかった。けれど、現地に着いてからもハイテンションの続く母さんに僕は付いていけず、初日に海で焼いたあとは三日三晩、ほとんどホテルで寝込んでしまった。母さんはといえば、昼は海とショッピングを繰り返し、夜は好調に酔って未明帰り。ハワイを満喫しているようで何よりではあった。

僕は旅の途中、母さんと歩く時は左側にいることを心がけ、これからも極力そうしていこうと意識した。リセットされた父さんが母さんの理想に戻るまで、どれだけの時間がかかるか分からないし、達成できるかも分からない。できなかった場合、当然、僕がその使命を果たさなければいけない。まずはその「理想」とやらの正体を、母さんの本質とよく会話して百パーセント理解することが必要だ。

そんな具合で、家族の形が変わったことをきっかけに、僕には息子なりの責任感が芽生えていた。といっても、重圧のようなものはなかったし、刺激的な言動が増えた母さんに寄り添えることは、僕の青春にとってはそれなりにポップだった。

*

十八時半を回るとすっかり外が暗くなる季節だが、僕達の会話も、その頃になると沈黙が訪れる。

　終局を迎える時間帯では、パチリと駒が盤を叩く音の余韻でさえ、愛おしい。

「三万円でいいよね？」

　母さんは今度はコクリとだけ頷き、そのまま元の俯く姿勢に戻った。

　僕がパチンコ店のアルバイトで貯めたお金が、母さんの手を介して再びパチンコ店に戻っていくことを想像すると、社会の循環を身をもって学んでいることが誇らしく思えるし、親の財布からくすねた金を、ゲームセンターのコインに替えて溶かしているバカな同級生に対して優越を感じる。

「じゃあね」

　着古した白いTシャツの上から、母さんの右肩に一秒ちょっと触れた。自分から触れられることのできた日は、そう多くない。しかも今日に限って母さんは、右肩に置かれた僕の右手の甲に左手をそっと重ねた。僕は嬉しくて、そういう日は少し誇らしげに帰ることができるし、かったるい制服の赤いネクタイも、着けていて良かったと思える。

「宮武さん、二歩《にふ》だよ、二歩」

思わぬ形で終えた棋戦を後ろ耳で聞きながら、僕は帰路についた。

鉄製の扉は冷たく、甲高い歯軋りのような音が少しカンに障るけれど、階段を軽やかに駆け下りて振り切る。来る時はあんなに気になったエントランスのチラシだらけのポストは、帰りはなぜか全く気にならない。結局、どこの誰とも知らない部屋の住人が不在、あるいは居留守であったとしても、僕には関係ないんだ。

遠く向こうに落ち込んでいく夕陽は、溶けていくアイスクリームの真似事のように、平べったく左右に伸びきって、まだ今日に残りたい様子だった。僕にはそんな女々しい部分はない。夏至だの冬至だの、一年のうちにコロコロ滞在時間を変える不誠実な奴とは違って、僕は時間には厳しい。母さんが何にどれだけ時間を使う人間か知っているからこそ、メリハリが大事なんだ。

振り返って母さんの部屋を帰り際に見上げるなんてことは、当然あり得ない。母さんが窓から僕の後ろ姿を見つめる、その視線を感じたとしても、だ。

大事なことはさ、次回のもろきゅうとキムチが、「これまでで一番美味しい」って言ってもらうことだけなんだから。

フランジ

昼過ぎに目覚めた時、目の前にあった冷蔵庫の下の埃と目が合った。今日は大学の講義もなく、予定も特にない。もうひと眠りしてもいいけれど、とりあえずはテレビをつける。かといって見るわけでもなく、目を瞑ったまま、音と光を背中で浴びた。

画面の中は、今日も目まぐるしい雰囲気で、相変わらず俺のペースに合わせる様子はない。

寝返りを何度か打つ間、テレビの情報と夢現《ゆめうつつ》が混在したまま、時間は不規則に進んでいった。

――ヴ、ヴ、ヴ

響き慣れたバイブレーションで呼びかけるスマートフォン。でも、それぐらいでは体を動かす気になれない。

うっすら目を開けると、いささか不規則に重ねてある五、六本のレンタルＤＶＤが目に入った。返却日を過ぎていたが、まだ二本、ごりごりのホラーものと、コメディ要素満載のアメコミ宇宙ものを見ていないままだ。

時計を見ると十六時。昨日、寝入ってから一度もトイレに行っていないから下っ腹が張っていて、さすがに起きなきゃヤバそうだ。ゆっくりと体を起こし、立ち眩みを振り払ってトイレに入った。

下っ腹の水分をゼロまで絞り、銀のレバーに手をかけた時、一度インターフォンが鳴った。そのまま手を止めて静寂を保っていると、少し間を空けて、今度は二度インターフォン。

「深田さーん、こんにちは。深田さん、いませんかぁ？」

警察だ。この近辺は治安が芳しくなく、反社会的な事務所があったりもするので、よくパトカーが消灯して徐行する。このアパートに何かあるわけではないが、定例行事として巡回してくるのだ。

「深田さん、いませんかねぇ？」

今は絡む気がしないから、息を潜めて放っておくと、隣の部屋にスライドしていく足音が聞こえた。そういえば先週、向かいのマンションに空き巣が入ったらしい。

隣のインターフォンが聞こえたあと、ドアを開ける音と共に明るい話し声が聞こえてきた。隣には、腰が曲がっているわりには、やけにハイテンションなおばあちゃんが住んでいる。何を話しているかは聞き取れないが、どうせまた大好きなアイドルの話題に無理やりこじつけているのだろう。警察官も毎回付き合わされて面倒くさいだろうが、避けては通れない。

それを終えたあとは、折り返す足音を聞くまでは、さほど時間を要さなかった。おばあちゃんの先の二軒は不在だったようだ。

タバコを半分ほど吸い、俺はまたスリープ状態に入った。


途端、今度は扉を二度、強く叩く音がした。

「あきら！　おいコラ！　いるんだろ？」

名前を呼ばれ、とりあえず体を起こす。そのあと三度、さっきよりも強めのノック。

「聞こえてんだろ！　入るぞ！」

どうぞご自由にお入りください、と言いたいところだが、鍵は開いていない。

タバコに火をつけ、ひと呼吸してから玄関へ向かう。鍵を開けた木製扉の銀色のノブは、少し触れただけで勢いよく外へ開いた。

「てめえ、電話出ろよ」

目の前に現れたのは、金髪おかっぱの瞳《ひとみ》。スマホをバイブさせた張本人らしい。

「ああ、わりい」

「わりい、じゃねぇよ。咲《さき》んとこ行くぞ」

「あれ？　明日じゃなかったっけ？」

「バカ、今日だろ。チャット見返してみろよ。いや、見なくていいから、ちゃっちゃと着替えろよ。にしても、てめぇ、スウェットに毛玉付き過ぎなんだよ」

瞳はそう言いながらズケズケと部屋に上がり込み、ドスンと胡座をかき、人のタバコに火をつけた。

「ちょうど切れたんだよ」

「あとで返せよ。俺のタバコの三分の一はお前が吸ってっかんな」

「ケツの穴、極小だな、お前は」

俺は昨日もはいた青空色のジーンズに足を通し、丸首の白い無地のTシャツを着る。瞳は机に散らかった雑誌を掴んでは落とし、そしてレンタルＤＶＤに手をかけた。

「お、『スターピープル２』じゃん。見た？　ってか、返却日過ぎてるけど。つーか、いい加減ネットフリンクスかヤマゾンプライム契約しろよ」

瞳はスターピープルの主役、魔術でアライグマにされた戦士のミサイルが好きで、スマホケースもミサイル仕様だ。

「今日見るわ。一緒に見る？」

「二十一時からバイト。咲んとこ行ったら、そのまま新宿行くわ。明日は？」

「明日は二コマからフルで講義」

「けっ、どうせ行かねーんだろうよ」

「明日は、行けそうな気がする」

「ないと思います」

「うるせぇ。おし、準備できたぞ」

タバコとライターと財布、一瞬引き返してスマホを取り、玄関へ。瞳の背中を押し、汚れが目立つ白いサンダルを履いて外に出る。じめっとした風が首元をさらった。

「お前、それホント暑くねぇの？　ファッションと痩せ我慢の方向性、合ってる？」

「裏地メッシュだから。夏仕様。お前には分かるまい」

瞳の後ろ姿は、両眼の視線があべこべの龍をあしらったスカジャン。腰に巻いた耳障りなチェーンと、ダボついたダメージジーンズがヤンチャを装っているが、金髪おかっぱに光が当たるとできる天使の輪が、なんだかすれ違っている。

俺たちの同級生の咲が入院する聖留架病院へは電車で二十分。移動中はひたすら、瞳のスターピープル愛が止まらなかった。

＊

高校一年の秋、瞳が両親の離婚をきっかけに隣町から転入してきた。

「えー、今日から新しく我がクラスの一員となる、新垣《あらがき》瞳さんです」

「よろしくお願いします」

ボソッと喋った黒髪おかっぱの瞳は、初日からセーラー服のスカートの下にジャージをはいていた。変な奴が来たな、とクラスの空気が澱む中、俺はキレた目つきと通った鼻筋に少しだけ見惚れた。

自己紹介もそこそこに終わると、瞳は一番後ろの、俺の横の席にガタンと音を立てて座った。それとなく横を向いて眺めてみると、整った顔立ちを際立たせるように、ジャージには年季が入っていた。視線に気付いた瞳はこちらを睨む。

「何見てんだよ」

「そりゃ見るだろ」

「あ？　見てんじゃねーよ」

「見るだろ。どこのメーカーだよ、そのジャージ」

「は？」

「『ペーマ』ってどこだよ」

「うるせえな、親が買ってきたんだよ」

初っ端から、偽物をはいていることを突っ込まれ、瞳は貧乏ゆすりで敵意を見せた。

授業のスタートと共に、瞳はいきなり机に突っ伏して眠り姫。一時間目の数A担当教師の授業は即効性のある睡眠薬だ。俺もあえなく誘われた。

「あきら、おはよう。昨日言ってたCD、持ってきたよ」

その日の最初の休み時間、隣のクラスから咲が顔を出した。金村《かなむら》咲は、俺とは小・中・高の同級生で、実家も近いから家族ぐるみで仲がいい。

「おう、別に帰りでもいいのに」

「今日、午前中で早退するからさ」

「そっか」

この頃から咲は時折、早退するようになっていた。顔色は悪くなかったが、貧血気味で倒れることもあって、少し不調が長引いていた。

「そちらさんは？」

「あ、転入生のアラガキさん。アラガキ、えーと……」

「瞳。新垣瞳です」

「そうなんだ！　金村咲です。よろしくお願いします」

「よろしく」

ジャージのポケットに手を突っ込み、股を大きく開いて横柄に座る瞳は、咲としっかり視線を合わせなかった。

「聞いてくれよ。こいつのジャージ『ペーマ』って書いてあんだぜ」

「うっせーな！　いい加減ほっとけよ」

「なになに？　何それ？　どれどれ？」

「見んじゃねーよ！　見なくていい！」

「いいじゃん、いいじゃん」

スカートを覗き込もうとする咲と、スカートを押さえる瞳。

「咲、こっち側じゃねーとロゴ見えねーぞ」

そうアドバイスすると、咲は俺らの間に割って入った。そして、スカートの裾を引っ張り、瞳の抵抗をなんとか覆そうとはしゃいだ。

「あ、手冷たいね。冷え性？」

咲が瞳の手に触れ、少し時間が止まった。

「え、そ、そうか？」

瞳が不意に自分の手のひらと目を合わせた。

「隙あり！」

「ちょ！　このやろ！」

わずかではあったがスカートがめくり上がり、咲は俺の方を振り返ってニタリと笑った。

「ホントだ。ピー、イー、エム、エーって書いてある」

「だろ？」

そう言って笑い合う俺達の横で瞳は舌打ちをし、ガタッと音を立てて席を立ち上がった。

「てめぇら、初対面から喧嘩売ってんな、コラ！」

そう言うと教室を出ていってしまった。

「怒っちゃったね。でも、なんか仲良くなれそうな気がする。また明日絡みに来るね」

俺も端《はな》からそんな気がしていた。

咲は「シリメイシ」の古いアルバムを俺に託し、自分のクラスへ戻っていった。

しばらくすると、瞳はジャージを肩に掛け、素足を晒して戻ってきた。そして席に座ると、机の横に掛けていたボストンバッグにジャージを突っ込み、腕を組んで黒板の上の何もないスペースを睨んだ。

「寒くねーの？　冷え性なんだろ？」

瞳は少し笑いながら、そう言った俺に一度睨みを移し、何も言わず正面に戻った。

「股ぐらい閉じろよ。ってかお前、足キレイだな」

「おい、お前、今日帰り一発殴らせろ」

「は？」

そう言ったっきり、初日の会話は終了した。

帰り際、下駄箱の前で肩を叩かれ、振り向き様にボディーブロー。かなり場数を踏んだ拳なのか、それから三日間、俺の体の真ん中の痣は消えなかった。

＊

「おいっす！　来たぞ」

仕切りのカーテンから顔を覗かせ、瞳が声をかけると、咲は読んでいた本から顔を上げ、いつものとおり、にっこり笑って迎えてくれた。

「待ってたよー。お、あきらは寝起き満点の顔してるね」

「おう」

「こいつ、電話は出ねぇわ、見舞いの日は間違えてるわでさ」

「そうなんだ。いつも、ごめんね」

俺と瞳は丸椅子に腰掛け、改めて咲と目を合わせた。

「杏仁豆腐買ってきたわ。今週の調子はどう？」

「ありがとう。調子は先週と変わらず、絶好調です」

やり取りはいつもどおりだけど、咲の目の下のクマは、週ごとに色濃くなっている。

「咲、何読んでんの?」

「これ? これは『エリナ・パティ』っていう、私と同じ病気の女の子が主人公の話なの。三十年ぐらい前の実話を基にしたストーリーなんだって。すごい元気な女の子でね、読んでると励まされるのよね。もう三周目」

「そうなんだ」

瞳はそう言ったきり、本の話はしなかった。主人公が最期をどう迎えるかは、俺も聞きたくない。

「あきらは、バイトどう? 決まったの?」

「あー、いや、まだ」

「その感じだと、探してもいないってとこね」

先々週、バイト先の漫画喫茶で客とまた揉めてしまい、結局そのままやめることになった。

「うちのバーのボーイが足りてないぞ」

「おなべに囲まれて働けるかっつの。気持ち悪ィ」

「嘘つけよ、変に興奮しちゃうからだろ？」

「うるせぇ」

　何気ない掛け合いの隙間に、咲の笑う顔が見えた。咲が笑うたびに不安を感じることになるとは夢にも思わなかったが、横ではにかむ瞳はもっと、刺すような不安を感じているに違いない。

＊

　瞳が転入してきてから、俺達三人が打ち解けるまで時間はかからなかった。咲は毎日どこかの休み時間でうちのクラスに来ていたし、咲がマネージャーとして所属するテニス部が休みの日や、瞳が学校に内緒でこっそりやっているバイトが休みの日は、ダラッと学校に残ってたり、ファストフード店に入り浸ったりしていた。俺は帰宅部だったから、同じ帰宅部男子とのゲーセン部活がない限り、よっぽど時間のない日はなかった。

　そんな日々は早いようで短く、薄いようで濃く、気付けば高二になり、クラスが両端と真ん中に離れても波長は一定だった。

ほとんどのセミが鳴き終わり、ドスの利いた声で未練を叫ぶ奴だけが残っていたあの日も、いつもと同じ三人のリズムだと思っていた。

ファストフード店の入れ替えたばかりの蛍光灯は、明け方までオンラインゲームをやり通していた俺にとっては刺激が強く、目に厳しい。だから、スモールサイズのコーラとナゲットを頼み、それぞれ一口ずつ触れただけで机に突っ伏して、両腕で光を遮った。瞳はバニラシェイクを頼み、椅子に深く腰掛けて首だけ折り曲げ、机の下のスマホの画面に目を落としていた。最近ハマっているパズル系ゲームアプリをプレイしていて、ダメならやめればいいのに、時折舌打ちしては俺が座る椅子の脚を蹴った。

「お待たせっ！」

咲の明るい声が、いつものようにダレた雰囲気を晴らす。

「遅かったな」

ぶうたれた瞳のリアクション。

「ごめんね、部活のミーティングが長くてさ」

「どうせまた笹島が熱血テニス論語ってたんだろ」

「瞳、さすが。正解」

笹島はテニス部の部長で、パッと見はラグビー部にしか見えない逆三角形の上半身。サーブの最高時速は二百三十キロを超え、調子のいい時はサービスエースでほとんど勝ち切ってしまう。国体の強化指定選手に選ばれることもあったが、パワー頼みで繊細さを欠き、見た目のゴツさとは裏腹に不安定な結果が、彼の青春年表に渋味を持たせている。

「まぁ、大会近いし、笹島君が沸騰しなきゃ、誰がやるー、って感じだけどね」

笹島がテニスの名門校を蹴って地元公立のうちに入った経緯は知らないが、他の部員との実力差は歴然で、その分、温度差も大きいことは部外者の俺でもよく分かる。リタイヤ間近の老年顧問も、笹島におんぶに抱っこでテニス部を運営していて、腰を曲げてボールを拾うことで献身を示すのが精一杯な有様だ。自主・自由・自腹の三Gを掲げる俺のゲーセン部活の方が、よっぽど熱量が高いと思う。

「あいつ、黒森と付き合ってんだろ？」

瞳が言う黒森というのは、テニス部の横でトラックを走る陸上部の顧問だ。教員免許はまだないが、学校の事務で働く傍ら、体育大卒の実績を買われて陸上部のコーチをやっている。最近、笹島とチャリンコの二ケツで走る姿が目撃されてからは、学内で旬なトピックになっていた。しかも、笹島の方が後ろに乗って黒森の腰に両腕を回し、両脚を揃えて横向きで乗っていたらしい。

「ホントかウソか分からないよ？　出所も、オオカミ少年こと大神君だし」

「斎藤と加賀谷も見たって言ってたぞ。なぁ、瞳？」

「それは知らねぇけど」

「一緒じゃない。大神君一派じゃん」

それから俺はコーラが氷で薄まりナゲットが残り一個になるまで、瞳は次のチョコシェイクを頼もうか悩み始めるまで、同級生のゴシップを続けた。咲はというと、コーラに二、三回口をつけただけ、ポテトは一本食べただけで、クーラーの効いた店内で、よくよく見ると額にうっすら汗をかいていた。

「そういえば咲、今日は化粧、薄めか？」

「なによ、急に。いつもそんなにしてないって。瞳には厚塗りに見えてるの？」

「そういうつもりじゃないけど、なんとなく」

「咲、お前、ちょっと調子悪いんじゃないのか？」

異変に気付いていた俺の言葉に、咲の顔がほんのちょっとだけ歪んだ。

「いつもと変わらないよ」

「最近、休みがちって聞いてるけど。ただの貧血じゃないんだろ？」

「そうなのかよ？」

実はこの時はまだ俺も瞳も、咲の病気について詳しいことは聞かされていなかった。咲の母親にこっそり聞いても、「また改めて話すから」と言われたきりだった。

「大丈夫よ、なんかヘモグロビンが足りないんだってさ」

「ヘモグロビンかよ！　陸上部の竜野がすぐ息切れしてたアレだろ？」

膝を打った瞳をよそに、俺は納得していなかった。

「あ、そろそろ塾だから行かなきゃ」

そう言って立とうとした咲の両手は、テーブルを重く、ゆっくり押しのけた。

「大丈夫か？　送ってってやろうか？」

「瞳、いいよ。心配ご無用」

店を出て窓越しに俺と瞳に手を振り、西日の方向へ歩く咲。その姿が見えなくなるまで、横を引かれて歩く自転車に乗ることはなかった。

その晩、布団に入ってから咲の母親から着信があった。聖留架病院の緊急外来にいると伝えられ、俺は初めて咲が白血病であることを知った。これまで病名を告げなかったこと、心配をかけたことを謝る母親の声はひどく弱々しかったが、ここ最近の金村家の様子を見聞きすれば、咲の病気が軽くないことぐらいは分かっていた。

「おばちゃん、きっと大丈夫だから」

無責任な慰めをスッと口にした。ありがとね、のあとに続いた言葉は当然、口止めだった。

「分かってるよ。しばらく入院するんでしょ？　見舞いに行かないのも変だけど、行くのも簡単じゃないと思うから、やめとくね。また様子メッセしてよ」

この頃は、生き死にの話には実感が湧かなくて、それよりも、感じていた咲の気持ちにどう応えていくべきか、ボーッと考え始めていた。瞳という存在が現れ、たった数ヵ月で幼馴染とは違う感覚を覚えていた俺にとって、日常の均衡は少し強めの風に煽られていた。瞳の咲に対する気持ちに気付いた時には、それはなおさらだった。

結局、それぞれの想いをそれぞれがどこまで理解し、受け入れていたかも分からないまま、高校生活は、一見バランスよく終了した。

俺は都内の大学に進学し、実家と聖留架病院と一定の距離を保ちつつ、瞳が働く新宿のおなべバーに近いアパートに住んだ。咲も容体の安定と一年間の予備校生活がうまく重なり、大学へ進学。三人の関係は長い延長戦に入っていった。

*

「咲が死んだらさ、どうする？」

見舞いの帰り道、俺は助走なしに瞳に問いかけた。すると、左斜め前を歩いていた瞳はこちらを鋭い視線で振り返った。

「それ、どういう意味で言ってんの？」

「そのまんまの意味。死んだらさ、どうする？」

「あ？」

瞳の目を見て、剣幕、という言葉が頭に浮かんだ。

「このまま咲がスッといなくなったらさ、どうする？　って話」

「なんで今そんなことが言えんだよ。一番あいつの命を信じてやんないといけない俺らが、そんなこと考えてどうするんだよ！」

気付けば胸ぐらを掴まれ、瞳の殺気に包まれていた。

「現実的な話をしてんだよ。可能性の話」

どうする？　という意味は、俺にとっては関係性の話だった。三人が二人になってバランスが崩れた時、どうすることが正しいのか、正しくないのか。でも、その意図を伝え切れないことを考えると、安易な問いだったのかもしれない。

「可能性を考えていい話じゃねぇんだよ！　てめぇ、二度とそんなこと口にするんじゃねぇぞ！」

瞳は胸ぐらを突き放したあと、早足に夜の街へ消えていった。

一週間ほど瞳とは音信不通になったが、昼過ぎの講義の途中、メッセージアプリが反応した。

『スターピープル2、返した？』

『さすがに返した』

『ってか、見たの？』

『結局見なかった』

『今日お前んちで見ない？　借りていくわ』

『バイトは？』

『今日は行かない日』

『了解。俺借りとくから、いいよ。ピザ取る？』

『うん』

瞳の〝行かない日〟という表現は、何かしらのことがあったというサインだ。

講義を終えたあと、俺はレンタルビデオ屋まで自転車を飛ばした。


「うぃっす」

家に入ってきた瞳は案の定、低いトーンと、くすんだオーラだった。

「クワトロピザ頼んだ。もうちょいで来るわ」

「サンキュ。俺も買ってきた」

「飲ませる気かよ」

「今日は、下戸のお前に無理やり付き合ってもらうほどじゃねぇよ」

「そうしてくれよ。もう、こりごりだわ」

「この前はひどかったな。瞳孔パッカーン、って感じで」

「やめろ、思い出しただけで胃が気持ち悪い」

瞳がテーブルに置いたビニール袋の中には、もろきゅうとキムチ、ポテトチップスとミックスナッツの他に、アルコール度数九％のチューハイが三本と、三％

のサワーが二本入っていた。瞳は九％のレモンチューハイをテーブルに置き、残りの四本を冷蔵庫へ入れた。

「相変わらず水しか入ってねぇな。お、オイルサーディンあんじゃん。どうしたの？」

「なんか大学のゼミの奴がさ、義兄貴《あにき》が送ってくれたんだけど、そういう感じのやつが苦手だからっつって。興味本位でもらったのよ」

「全然日本語書いてないじゃん。どこのだよ、これ」

「ノルウェーとかって言ってたかな？」

「どこだよ、それ」

「ググれよ。その義兄貴ってのが外交官らしくてさ。はるばる飛行機で飛んできた物らしいよ」

「ガイコウカンっつーのは、つまみを密輸する仕事なんか？」

「ちげーよ」

瞳は胡座をかいて、テーブルの上でもろきゅうとキムチのパックを開けた。

「今年に入ってから、そのコンビよく食ってるよな」

「年末に店に来た、パンク系の格好した、ちょっとぶっ飛んだ感じのおじさんのオススメ」

「パンクなのに、おつまみの組み合わせ自体は、めちゃめちゃベタだけどな」

「お、イイとこに気付くな。普通同士の組み合わせは意外と良さに気付かないんだ、これが」

「普通は普通だろ」

瞳が伏し目がちな今日みたいなモードに入った時、俺は何があったかをこちらからは聞かない。というか、切り出し方を知らない。だから、瞳が話し始めるのを待つ。時には何も事情を話さないまま帰ったり、そのまま眠ったりする。今日はどのパターンか……、なんてことは本当はどうでもよくて、この時間そのものが、俺には必要だった。


アライグマ戦士と宇宙海賊がひょんなことから手を組み、銀河を消滅させようとするダークな組織の計画を食い止めようとする、ドタバタギャラクシーコメディーの「スターピープル２」を見ながら、瞳はよく笑っていた。

　しかし、前半のアクションがひと段落すると静かになり、食べていたキャラメル味のコーンの袋をいったん置き、キムチを一口頬張ってから話し始めた。

「なんかさ、去年の年末に工事した阿佐ヶ谷駅前の配管から、水が出たんだと」

「去年？　お前が半年ぐらいバイトしてたやつ？」

「そう。もう年度末で辞めてるしさ、今さら言われてもどうしようもないんだけどさ。なんか社長がわざわざうちの店まで来て、くだ巻いたんだよ」

「お前が悪いの？」

　瞳はレモンチューハイをグッと流し込み、冷蔵庫に三本目を取りに行った。

「フランジっつう配管の繋ぎ目があるんだけどよ、そこのボルトの緩みが原因なんだと」

「お前がやったとこだって分かるの？」

「やった。言い訳はできない感じ。確かにあの頃は昼も夜もハードに働いてたから、フラついてて適当だったことはよく覚えてる。でもさ、先輩も付いてて、資格のない俺に押し付けるかね？『てめぇのせいで今年の受注数千万がパァだ』って、喚き散らされたよ」

「災難だな。お前、あの頃ヤバかったからな。身から出たナントカとも俺には言えねぇよ」

「まぁ、そのことだけなら我慢できたんだけどよ」

酒とタバコの匂いの合間に、染め直したばかりらしい金髪が少し香った。

「そのあとの客が災難でさ、常連に連れられて初めて来たオヤジがだいぶ酔っててよ。ドリフみたいなよろけ方だったから、嫌な予感はしたんだ」

聞けば、地鳴りのように喚くその客は、キャストやスタッフだけでなく他の客にも絡み、殴り合いになりそうになって、瞳が割って入ったんだとか。バーのキャストの中でも際立って端正な顔立ちの瞳は、その客に完全にロックオンされ、抱きつかれたり胸を掴まれたりしたという。俺が知る限り、そんな状況で瞳は我慢しない。〝女性〟として雑に扱われることを何よりも嫌う。

「思わずグーパンだよ、グーパン。めちゃめちゃガタイ良くて利いちゃいなかったけど」

「お前は怪我なかったの？」

「やり返してはこなかったからね。そこはちゃんとした大人だったよ。三万投げ捨ててそのまま出てったからさ、足りねぇぞこのヤロー！　って追っていこうとしたら、店長に腕掴まれて、二週間出勤停止。そいつも、連れてきた常連さんも、イイトコ勤めなんだと。ババ引いたよ」

画面上では、戦士ミサイルが一日だけ人間に戻り、昔の恋人に会いに行くシーンが展開されている。

『なぜここにいるか分からない。一緒にいると、自分が壊れそうになるのに』
『壊れたら、一から作り直すだけさ』
『私は家族に愛されてる。もう、魔法でしか人でいられない貴方にはできない形なのよ』
『君自身がそれを愛し続けられるかどうかだろ？　形に頼るのは浅ましいぜ？』

そのあと、瞳は眠くなったのか、クライマックスの激闘に入る頃には俺に背を向けて横たわった。

「胸掴まれた時にさ、一瞬、女々しい気持ちが出ちゃってよ、自分に吐き気がしたよ」

激しい青や赤のビーム光線が俺の顔に当たり、瞳の背中にも飛び火した。

「あきらさ……」

「なに？」

タバコは残り一本。瞳の話の尺を考慮して、手をつけることにした。

「やっぱり女で生きた方がいいと思うか？」

「何？　今さら？」

「飼われた方が、やっぱり生きやすいのか？」

「お前、案外、古いこと言うよな」

「古くねーよ。俺なりに見てきた現実の話」

沈黙の音が強いか弱いか、この部屋ではキッチンの換気扇がバロメーターになる。少し急くような気持ちでライターに手を伸ばした途端、瞳が横になったままこちらに向き直した。

「なぁ」

「あ?」

「お前、最近したのいつだよ? 半年前のガールズバーのエミちゃんぐらいか?」

「急になんだよ。そんなに前じゃねぇよ」

「お、報告ないじゃん。誰だよ。咲にチクるぞ」

「やめろよ。報告義務なし案件」

変に見栄を張ったが、本当は何もない。半年前でさえ、一歩手前で踵を返していた。

「おい」

瞳は起き上がって、顔をグッと近づけてきた。

「俺、試してみるか?」

「は?」

アルコールとニコチンの匂いは急激に密度を高め、酸素濃度をキッチンへ追いやる。

「新しい扉、開くぞ」

「気持ち悪ィこと言うな。タバコ切れたからコンビニ行くぞ」

「なんだよ、せっかく最近また増量した気がする乳房を拝ませてやろうと思ったのによ。俺は眠い。てめぇが買ってこい」

自分の胸をポンプアップするような瞳の仕草をシカトし、俺は近くのコンビニへ向かった。

瞳のラッキーストライクと俺のメビウスを一箱ずつ買い、出入口付近の青い電灯の下で一服した。スマホには、咲の母親からの着信履歴。留守番電話の秒数を確認し、家に戻った。

煙たい部屋では瞳の寝息がうっすら聞こえている。薄いタオルケットを上にかけてやったあと、ＤＶＤを早戻しして、逃したシーンを見直した。

『ほとんどの人間は形に頼らないと生きていけないの。貴方みたいに、海のものとも山のものとも、空のものとも分からない獣になったら、胸を張って愛を嘯いちゃいけないの。愛してくれた人を、どうして私は獣になれないんだろ、って、困らせてはいけないのよ』

俺は瞳の形が変わっても、何も変わらない。咲がもしいなくなって、心の形が変わったとしても、きっと変わらない。それが、現実を何も知らない青臭い想いだと貶《けな》されるものだとしても。

＊

どの断面を切り取っても昨日の今日のように感じられる月日が過ぎていった。

咲は難航していたドナー探しが解決し、復学。その頃、俺は就活を終えて、都内の専門商社で働くまでの大学生活を、あいも変わらずダラダラと過ごしていた。おなべバーを続けた瞳はというと、俺の卒業も間近になったある日、俺の家の近くで、空き巣を追っていたパトカーに轢かれて寝たきりとなり、いくつかのチューブに命を引き止められる人生が始まった。

社会人生活に慣れ始めた頃、咲は会社の同僚と結婚し、仙台の高台に一軒家を構えた。俺も会社の一つ下の後輩と結婚し、実家の近くの賃貸マンションで一歳のワンダーボーイと格闘する日々。それぞれの想いは、それぞれの胸にひっそりとしまったまま、誰に聞かれても説明のしやすい〝形〟を自分の生活に落とし込んだ。

咲とは時折、連絡を取り合ってはいたが、お互いが結婚してからは年賀状のやり取りだけ。揃って瞳を見舞うこともない。

三人の関係性は、あの頃は予想もしなかった形でバランスを失った。運命の分岐点なんてものは日々連続していて、何が決定的な出来事だったかなんて分からない。

俺は瞳の心に重なるために吸い始めたラッキーストライクの煙で体を温め、会社で卸を担当することになったフランジの規格を夜な夜な頭に叩き込みながら、いろんな継ぎ手があるもんだと不思議に思っていた。

自分自身の過去と今、そしてこれからの繋ぎ目がどこなのかってぼんやり考えたとしても、決して答えは求めない。心の奥底に押し込んだ想いには、時間なんて流れていないのだから。

ハーム・リダクション

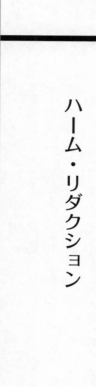

大学で福祉を専攻し、社会福祉士の資格を取得。でも、それなりの収入を考えて就職先は一般企業。そのうちに、どこかで聞いたことのあるような誰かの人生が、自己啓発本の安易な言葉に成り代わって私を導き、聞こえのいい「ソーシャルワーカー」として独立。その流れで知り合った人脈から、今の職場を紹介されたのが二年前だ。

表向きは外国人の職業斡旋とか、生活支援の行政手続きサポートとかをやっているＮＰＯ法人。けれど理事長の本丸は、薬物依存者の更生で、私の仕事はどちらかというとそっちがメイン。

理事長は、バブル崩壊にも首の皮一枚で耐えた在日朝鮮人の不動産富豪で、息子の薬物依存をきっかけに、私財を注ぎ込んでこのＮＰＯ法人を立ち上げた。別に更生業務を隠す必要なんて全くなくて、今では全国に同じ目的の施設はいっぱいあるんだけれど、理事長は司法・行政機関と相談者の情報を共有することを、なぜかひどく嫌っていて、目に見えない形で運営することになった。ところが、運営する側にも相談に来る側にも、思いのほか重症者が多かったこともあって、バレるリスクがここ最近、見え隠れしてきている。

実は、当の私自身もその一人。相談者の気持ちを理解するために試しただけのはずの覚醒剤が、今では自身への〝報酬〟になってしまっている。自分で言うのも何だが、どうやら更生の手腕は良いらしい。ボロボロで訪ねてきた相談者が日に日に改善していく姿を見ていくことは喜ばしく思われ、そのたびに自身への報酬として薬物を投与している。仕事の善行を相殺する背徳感が自我のバランスを保っている感覚があって、そのことについては、理解のある仲間に相談してコントロールしてもらうようにしている。

ここでの経験で分かったことは、依存者達は意外と身近なところにいるということだ。昨年相談に来た六十代の男性は、話を掘り下げていくと、私が子供の頃、よく近所に来ていた紙芝居のおっさんだった。「子供の数だけ夢がある」なんてほざいてる裏で、団地の主婦をターゲットにヤクを売っていたのだ。売人としてのフェイクに子供達を利用したのか、善良な立場を利用されたのかは分からないが、少なくとも紙芝居の中身はオリジナリティに満ちていて面白かった。今思い出すと、本人がヤッていたからできたクオリティなのでは、と思う部分も多々ある。

＊

今日もまた一人、新しい患者を迎えた。初老の女性に見えたが、話を聞けば思ったよりも年齢は下だった。依存度は高いと、一目で分かる。肩上まで伸びたボサボサの黒髪、紫のアイライナー、赤い口紅、古着っぽい白いTシャツには薄いシルバーの文字で「The Pain」と書かれてあった。黒い革ジャン、黒い革の短パン、黒い膝下までのブーツ。くぐもった声も、その重症度合いを物語っている。目の下のクマは、時間が経ち過ぎて食べられそうもない青魚のようで、不眠症の病歴は浅くないようだった。そもそも私が担当するこのナイトケアの時間帯に、軽度の人間は少ない。

「ここって禁煙？」

「もちろんです。灰皿もなければ、見合った換気口もないでしょ？」

彼女は黄色いパッケージにラクダの絵が入った箱と、グリーンの百円ライターを上着の右ポケットから出したが、私の制する声を聞いて、そのまま机に置いた。

「初めまして、ということで、いくつか質問していきますね。もちろん、話したくないことはそう言っていただければいいので」

話し始めてみると、思いのほかよく喋る女性だった。夫のDVがきっかけで薬物を始めたこと、その夫をフライパンで殴って寝たきりにしたこと、それを境に家族が離散したこと、今は高校生の息子が月に一、二回訪ねてきてくれること、ｅｔｃ……。

「あなたって、話をよく聞いてくれるのね。話しやすいわ」

ひと通り規定の質問を終えただけだが、印象は良く思ってもらえたらしい。

「知り合いのツテで、ここ紹介してもらったんだけどね。やめたい、っていうよりは、お金が回らなくて。お金さえあればやめなくたっていいんだけど」

「ああ、野北さんですね。彼女も三年かかりましたけど、すっきりやめることができていました」

「どうかしら？　まだ治療、終わったばっかりなんでしょ。また、やるわよ」

ここに来る人間は大抵そう言うし、実際そういう患者も多い。

「経過観察のカウンセリングは、いたって良好です」

「あんな下半身不随の体で、どこにそんな金があんのか、全然教えてくれないのよ。あんた、知ってんでしょ?」

「知りません。ここでは、過去の経緯はそれとして、これからどうしていくかを徹底的に探るだけですから」

野北さんの過去はもちろん知っているが、守秘義務だ。特に彼女の場合は、マニア向けに体を売る団体の運営幹部をやっていて、時には自身の体も使って稼いでいるなんて、言えるはずもない。

「まあ、いいわ。それで? どうやってやめさせてくれるわけ?」

やめさせてくれる、なんて言っている時点でゴールは遠いので、まずは主体的にやめることを考えてもらわなければいけない。

「そもそも、ですけど――」

「何よ?」

「旦那さんを植物人間にしたこと? が服役の原因、ですか?」

「やだ、勝手に人の旦那を植物扱いしないでくれる？」

私は特に謝るわけでもなく、ただ彼女の目をじっと見ていた。

「旦那の親は、そんな内輪揉めで争えるほどのタマじゃないわ。体面だって相当気にするし。薬物検査で引っかかったのよ」

「そうですか。服役は二年でしたっけ？」

「そうね。けっこう所内カーストがきつくて、それなりに地獄だった。せっかく旦那のＤＶから解放されたのに。でも、こっちもやり返してたから、途中からわりとポジションも認められて。あと、レズね。かなり嫌だったんだけど、クスリもないし、目立った娯楽もなくて、無心で。周りには人殺して五年とか十年とかくらってる女もいたけど、パッと見じゃ分からないわよね。夜の目つきを見てようやく気付くの。私とはさすがに違うなって」

「服役後はどうです？　この一年間は」

そう言って、ボールペンの先から彼女に目線を合わせようと見上げた時、彼女は右斜め上に視線を飛ばし、部屋の角を直視していた。

「ちょっと一本吸わせてくれない？」

目線は外さないまま、左手の人差し指と中指を、物欲しげに下唇に引っ掛けていた。

「いいですよ。一階の出入口を出て左側にスペース設けてありますので」

「うん、知ってる」

そう言うと彼女は、革ジャンの左ポケットにタバコとライターを忍ばせて席を離れた。一人になった私は時計を見つつ、彼女のあとに来る予定の二人の患者の時間配分を考えていた。


おおよそ十分後、タバコの匂いを身にまとい、首元を右手で揉みながら、彼女は戻ってきた。

「パイプ椅子、しんどいわ。腰も背中も首も、すぐイライラしちゃう」

椅子が軋む音を合図に、カウンセリングは再開。きっかけになった旦那さんとの関係に直球勝負。淡々と探っていく。

「旦那の見舞いには、今でも行くわよ。一、二週間に一度くらい。体は動かないし、喋れもしない。でも目だけは動くの。初めは怖い目で睨んでた。だから、そんなに怖い目をしないで、って、両頬にキスをして帰ったの。それからは、少しずつ、少しずつだけどね、旦那との境界線が溶けてきてるわ。あと、クリスマスは必ず一緒に過ごすようにしてる。初デートがクリスマスだったから。あ、花見もね。旦那が好きで」

白い天井を見上げる彼女は、慈しみとも嫌味とも取れる表情で微笑んでいた。

「彼ってね、動かなくなってからの方がよっぽど幸せなんじゃないかって思うの。もちろん、そうかどうかは直接聞けやしないんだけど。でも、嫁だから分かることって、あるじゃない？　……あれ？　あなたって結婚してたかしら？」

「一度だけ」

「そう。子供は？」

「女の子が一人」

「そうなんだ。ひと通り、女はやったわけねー。……それでね、怒鳴ったり、手をあげたりしてた頃の彼は、今思うと、そうしないとバランスが取れなくて、自分がコントロールできなくて、不幸だったと思うのね」

彼女の旦那はエリート商社マンで、国内外の鉄鋼流通を専門に腕を振るい、業界では名の知れた人物だったそうだが、徐々に社会を構成し始めたゆとり世代・さとり世代の波に押され、パワハラとセクハラのダブルパンチで一気に窓際へと追いやられたそうだ。その反動が妻へのDVとして現れたわけだが、代償としてフライパンが側頭部に返ってきて、ただ脈打つだけの人になってしまった。

「今はそんなことに囚われる必要はないわけじゃない？　私も無意識に、解放してあげたいって思ってたんだと思うの」

「解放？」

「解放よ、カイホー。なに？　死に切れなかったことがカイホーなのかどうかってこと？」

私はおそらく怪訝な顔をしていたのだろう。

「死んだか死ななかったかは、結果の話。私が大事にしてるのは、きっかけよ、キッカケ。ターニングポイント、の話。あの人と私の間に流れる、世界観の転換」

「なるほど……」

彼女の言うことが理解できたわけではないが、焦って初日からそうする必要もない。自分じゃない人間を百パーセント理解しようとする距離感の掴めない人間なんて、信用されない。私はこれから時間をかけて彼女と部分的に同化し、そして解脱の方途を探っていくのだ。

「旦那はね、ハンドルを握ろうとし過ぎたのよ。そんなに強く握らなくても、体のゆらぎに合わせれば自然と進んでいくはず。だから私は、思い切って放しちゃえ、って思ったのかも。そしたら地面の傾きに合わせて、自然と車線を外れて落ちていっただけのことよ」

何かの受け売りの言葉のようにも聞こえるが、それでも彼女の口から発せられる言葉はどこか魅力的だった。杉崎倫子、彼女は他の患者とは違う不思議な感覚を私に感じさせた。

「さっきから、モンシロチョウ、飛んでる」

彼女の黒目がスッと揺らいだ。

「どれくらい打ってるの？」

「最近は、うーん……、あんまり。蝶が舞ってるくらいだから」

私にもうっすら見えていたことは告げず、時計を確認して最初の面談を終えた。

＊

三回目のカウンセリング。パンクな装いは変わらなかったが、明らかに伏し目がちな雰囲気だった。白シャツに目が燃えているスマイリーのアイコンが、それを余計に際立たせていた。

「少しオーバー気味?」

「うん、そう見える?」

目が合っているようで合っていない。

「昨日の晩、うちに泊まった男のポケットから、キラキラが入ったビニールパケが落ちてね。いつも紳士的な態度の人で、そんな人とは全く気付かなかったから、ギャップに燃えちゃって。いつも彼が着てる水色のポロシャツが、どこかの国の透明感バツグンの海みたいに見えたわ。あの、グレートなんとかっていう。グレート……、なんだったかしら？　義太夫じゃなくて、あの、ほら」

「グレートバリアリーフ？」

「そう！　それそれ！　義太夫じゃないわ。海関係ねーし。アハ、アハハハハハハ」

そう言って乾いて笑ったあとは、ホタルブクロのようにぐっと俯いてしまった。

しばらくして、少しだけ頭を上げて、彼女は小さくぼやいた。

「みんな、自分だけが不幸に思える時がある、ってよく言うじゃない？」

彼女は物欲しそうに、左手の二本指を唇に軽く当て、タバコを吸うポーズを取った。

「私にはよく分からない。そこには鬱屈とした気持ちがあるだけで、そもそも幸せが何かなんて教えてもらったこともないから。教科書に書いてあったかしら？」

私は会話をラリーせず、日誌に今日の日付とスタートの時間を記入した。そして間を置き、沈黙の時間を作ることにした。キマッている状態が尾を引いている時は、相手をジッと見て、同化に集中して会話の準備をする。今日は時間にして三十分。薬が抜け切らない今の彼女にとっては、瞬き程度の時間にしか感じられないだろう。

「倫子さんて、最長のクリーンタイムはどれくらい？」

「服役中の期間ね。それ以外だと、半年ぐらいかしら。始めてすぐくらい。息子の三者面談の時に手が震えちゃっててね。担任の先生に『大丈夫ですか？この部屋、寒いですか？』って聞かれちゃって。親の責任果たさなきゃ、って我に返って、その日からやめたんだけど……」

「リラプスのきっかけは？」

「それはやっぱり、旦那のＤＶ。夜、酔っ払って帰ってきた旦那がね、寝てる私の上に急に乗ってきて、『家の主人が帰ってきてんのに、出迎えもねぇとは、どういう了見だ！』って思いきり殴られて、鼻血が止まらなくなったの。あまりにも痛くてクスリに頼っちゃって。翌日、鼻がパンパンに腫れててね、病院行ったら骨折だったの」

彼女は右手で鼻に触れながら、その時を思い出しているようだった。

「暴力なんて受けるの、旦那が初めて。別にヤンキー上がりでもなんでもないし。DVされるとこんなに痛いんだって、よく分かったわ。結婚前に旦那とボクシング観戦に行ったことがあるんだけど、その時は私も『いけー！　やれー！』だなんて騒いでたの。でも、DVに怯えるようになって、テレビでも見れなくなった。刑務所の中で吹っ切れるとは思いもしなかったけどね」

――コンコン。

「失礼しまーす」

ドアをノックする音のあと、間髪をいれずに入室してきたのは、事務の安原さん。倫子さんと同世代で、息子も同じ高校二年生。彼女は旦那を膵臓癌で早くに喪《うしな》い、そのあたりから薬物に手を出し始めたが、ここに来るようになって改善し、現在クリーンタイムを三年以上継続している。

「梨子《りこ》ちゃん、お茶。あと、差し入れ」

「ありがとう、安原さん。誰の差し入れ？」

「私よ、私。町内会の役員旅行で道後温泉まで行ってきたから、お土産におまんじゅう買ってきたの」

そう言って安原さんが置いた小皿には、白い包みに梅の家紋があしらわれた小さなまんじゅうが載っていた。

「あら、今日は新しい人？」

「三回目。これまでは安原さんがいる時じゃなかったから、初めましてね。こちら、杉崎倫子さん」

「どーもー」

倫子さんは虚ろな目のまま、軽く会釈をした。

「あら、キマっちゃってる感じね。時間あるなら、ゆっくりしていくといいわね。お水いる？」

「大丈夫」

「そっか。そいじゃあ、またね。お邪魔しましたー」

そそくさと出ていく安原さんは、いつも明るい可愛らしい人だが、クリーンタイムに入る前は、服を着ないまま家の外を走り回ることもあった。

「倫子さん、食べて。食べれる？」

「おまんじゅう、って気分じゃないけど、いただくわ。こんな時は、その辺の花でも食ってる方がいいんだけど」

　手のひらに収まる小さいまんじゅう一つを、前歯でチビチビ剥ぎ取り、全て飲み込むまで十五分ほど待った。

「男ってさ、みんな猿なのよね。特に歳取るといろいろフニャフニャで、重力なくなっちゃって面白い。そうね、宇宙猿って感じ？　分かる？　すぺーすもんきー……フフフフフ」

「倫子さん、歳上が好きなんです？」

「別に。上とか下とかは気にしてない。結果的に上が多いだけ。たぶん、なんかね、枯れてる感じが欲しいのかも。枯れ始めでも、燃えカスでもいいんだぁ。私は焼却炉みたいなものよ。私で燃やし切ってあげたいのかも」

　倫子さんの表情は恍惚としていた。彼女は年配を中心に男性を一定数、自分のライフワークに組み込んでいるようだ。

「あんた、男いるって言ったっけ？」

「いえ、特に今は」

　特に今はいない、もしくは必要ない、というニュアンスに聞こえたかもしれないが、女としての何かが途切れているつもりはない。足下には自信があるし、紅いルージュもいつもバッグに入っている。

娘が父親を求めていることもずっと感じている。別れた旦那はひどく子供嫌いで、月に一度ですら会おうとしない。久々に顔を出したかと思えば、今時ボディコンかよと思うほどのミニをはき、でかいサングラスを頭にのせた品の悪い女を連れてきた。

『こいつさ、お前と違ってプライドとヒールばっかり高いんだよ』

『やだ、なんて紹介の仕方なの？　でも、そういうとこが好きなくせに』

『うわっははは。そゆこと』

怒りを押し込めて、娘の教育に悪い、なんて都合のいい思考回路でその場を切り上げたが、娘は指をくわえて何度も後ろを振り返っていた。もちろん、養育費なんて払う気すらないクソ男。でも娘にとってはパパなんだと思うと、奥歯を強く噛まずにはいられなかった。

「男はいつだって、いた方がいいよ。知らないうちに女がボロボロ欠けてかないようにさ」

倫子さんの声が、私を旦那の記憶からすっと引き戻した。

「気になる人ぐらい、いるでしょ？」

「いえ、いないわ。娘と仕事のこと以外、最近はあまり考えてませんし」

「そんなもんかしら。私だって息子いるけど、あんまり共感できないわね。娘と息子の違い？　娘さんのこと盾にしてない？」

「盾だなんて。倫子さんみたいにアバずれるのって、普通、難しいですよ」

「あら、ムカつくわね。でもアンタに言われると、そうでもないわね。アバずれるか。言ってくれるじゃない。うふふ」

三回目にしてそう言ってもらえるくらい、倫子さんとの距離が詰まってきた、ということ。本当は気になっている人はいるけれど、それはまた打ち明けられる時が来たら話そうと思った。

＊

その人の第一印象は、見るからにバリバリのエリート。季節に左右されない健康的な黒い肌と、私が背伸びをしても唇まで届かない体躯。笑うたびに純白の騎兵隊が口元に整列し、一見すると薬物のお世話になっているようには見えなかった。

「月島《つきしま》京太郎といいます。今年がちょうど四十になる年です。二つ年下の妻と、子供が二人。中学一年生の男の子と、小学四年生の女の子」

声のトーンにも社会人としての自信が垣間見え、負けの少ない人生を歩んでいるように思える。

「それで、きっかけは何ですか？」

「きっかけは、一年くらい前ですかね。大学の同期で、外資系ファンドに勤めている奴から勧められて。成績優秀な奴で、俺は学生時代、何をしても勝てなかった。尊敬できる奴でした。だから、そいつのうまい口振りに変に納得しちゃって、手を出したんです」

「最初は何でしたか？」

「その時は、エクスタシーでしたね。そういう会員制クラブだったので、正直、人脈も広がって悪いことはなかった」

「最近は？」

「最近は大麻ばっかり」

「金銭的に突っ込んじゃってるとか、家族にバレてるとか、影響を感じることあります？」

「金の心配は特にないですね。仕事柄、家でゆっくりすることもほとんどないんで、妻と子供には大丈夫かと」

　耳通りが良い声だ。

「それじゃあ、うちに来たのは？」

　彼は一度目線を下に外して、そしてまたすぐに合わせてきた。

「この間、会社の飲み会の時に、若手に『課長、最近変わりましたよね。なんかロックスターみたいなこと、たまに言ってるし。何かヤッてません？　なーんて』って言われちゃって。そんなやり取りが他にも二、三回続いたんで、ちょっと怖くなりましてね。自分では思い当たる節がなかったんで……。そんな時に、会社の近くでこのティッシュもらったんです」

彼はゴールデンレトリバーが愛らしく舌を出した写真が付いているポケットティッシュを机に置いた。うちのＮＰＯ法人が支援する盲導犬支援基金が配布したものだ。

「『ＱＲコードでも募金できますから、よろしくお願いしますね』って、帽子を目深に被ったおばさんに渡されたんです。実家で犬飼ってるので、早速アクセスして五千円募金したら、バナーにここの広告が出てきまして」

「なるほど……。それで、今の頻度はどのくらいですか？」

チェック項目に従ってヒアリングをしながら、私は微かに香るコロンの匂いを鼻の奥で愉しんでいた。白く幅の広いストライプが入った、明るいネイビーのスーツ。それに明るいピンクのネクタイと、時折、蛍光灯にすら反射して憚らないシルバーのタイピンは、流行りの高い位置に挟んであった。腕時計は、この前コンビニにあった、数字で世界を操る金融の申し子とか、先進的発明を武器にめくるめくスピードで上り詰めたベンチャー企業のトップとかが表紙を飾る雑誌で見たばかりの、世界に二千本しかない一千万円超のスケルトンの高級品だ。

私がこれまで会ったことのないランクの人間。でもそこに惹かれてるわけじゃない、と思考が言い訳を始めた時点で、既にカウンセラーと患者の関係とは似て非なる距離感を求めている。自分の中の女性が久しぶりに顔を出し、面談を終える頃には悪い癖で両脇が滲んだ。

「今度、実際に診てもらえませんか？」

「ミるって、何をです？」

「僕が飛んでるところ」

ここに自力で来る人間は、まず自分がどう見えているかを気にする。当然と言えば当然で、風邪の症状で病院へ行ったら、私、風邪ですよね？　と医者に聞くし、より専門的な言葉で安心したいものだ。

「来週のどこか、六本木とかで」

「いいですよ。私がお店を選んでも？」

「え？　ええ、いいですよ。さっき言ってたところで仕込んでから行きますね」

私達は連絡先を交換し、来週木曜日の二十二時、うちの理事長が共同オーナーを務める乃木坂のバーで落ち合うことにした。

当日、彼は直前で三十分ほど待ち合わせ時間を遅らせた。私はというと、逆に三十分前にはバー「ノインジョン」に入り、カウンターでビールとミックスナッツを頼んで待っていた。足踏みを始めていた心臓を説得するためには、もう一杯飲む必要がありそうだった。

「梨子ちゃん、男待つの珍しいね。女の顔してるよ」

「やめてよ、デニス。仕事よ、仕事。それより読モのあの子はどうなったのよ、報告ないじゃない」

「サリちゃん？　サリちゃんはねぇ、グラビア頑張るねって言ってたから、応援するよって連絡したばっかよ。彼女、今は夢に向かって一生懸命なんだ」

「フラれてんじゃん」

「フラれてないよ！　先週ご飯行ったばっかよ」

「どこ行ったのよ」

「アイリッシュパブ羽生」

「デニス、そーゆーとこよ」

「なんでよー！　羽生最高じゃなぁい？」

雇われ店長のブラジル人に茶化され、また茶化し、知らぬ間に鼓動が秒針のテンポまでスローダウンしていたことに気付いた時、彼はそろりとドアベルを鳴らした。そして、私とデニスにそれぞれ目を合わせて会釈したあと、私の右隣に座った。

「梨子さん、遅くなってすみませんね」

「いいえ。何にします？」

「ああ、えーと……マティーニ、お願いします」

「かしこまりました」

デニスは言葉どおりかしこまって、明るい暖色が照らす背後の棚から、ギルビージンを手に取った。

「飛んでる最中に取引先のキーマンと会っちゃいましてね。昼間はめちゃめちゃ堅い人だったので、絵に描いたようなピンチはチャンス、でしたよ。なんとか目を覚まして、商談キメてきちゃいました」

なるほど、彼の言うとおり、確かにキマったようだった。

「こんな地下に、バーあったんですね。僕ら以外、誰もいないけど」

「今日は休業日なの」

「へぇ。もしかして梨子さんのお店とか？　ヤリ手オンナマネージャー？」

「仲良くしてる知り合いのお店。休業日は身内への特売日なの」

「トクバイビですか。出血大サービスってやつかぁ……。梨子さん、どう？　俺」

「見たところ、気持ち良い感じね。ヤバイなぁ、とまでは思わないかな」

「そうですか。これ、どうやって、やめるんすかね？」

「それをこれから探ってていくんです」

「へへ、マサグるってわけですね」

彼のコロンの香りがやっぱり好きだと感じ、会うことが二回目とは思えない心地よさが脳にテクスチャーされた。

「お待たせしました。梨子さん、ナッツ足しとくよ？」

「ありがと。あとチヂミもらっていい？」

「かしこまりました。ちょっと時間ちょうだいね」

デニスはチンザノを棚に戻したあと、キッチンの方へ消えていった。

「梨子さんは、ああいう輸入モノが好みなんです？」

「輸入モノ？　私はそんな偏った考えは嫌い。それに、彼はブラジル人だけど、日本生まれの日本育ちよ。純正の私達より、よっぽど日本に敬意があるわ」

「KEE《ケーイーイー》ですか？　なんの略だろ？　お、このマティーニうめぇな。梨子さん、カクテル飲まないんです？」

会話の噛み合わせがズレることには慣れている。その分、挙動をしっかり観るようにしていた。あと、女としての顔の正面を見せるかどうかも考えて。

「うん。昔からビールばっかりで」

「僕も昔は飲めなかったんですけど、付き合い始めの時、妻に教わったんです」

そう言うと彼は、一口目を口に含んだままオリーブをくわえた。そして突然、腕を回して私の左肩をグッと掴み、さらに右手で顎をロックして、その全部を口移しした。いつもは通行禁止の度数の高いアルコールが喉元を灼いて、体に熱波が拡がる。オリーブだけはつまんでカウンターテーブルに追いやった。

「ちょ、ちょっと！　えほっ、えほっ……」

「こんな感じで。うちの嫁、酒飲むと百八十度、人変わっちゃうんですよ。二百七十度だったかな？　役所務めのカチカチの両親を持った反動なんですかね？」

咳込む私をよそに、彼はマティーニの続きを愉しんでいた。彼の飛び方は、思ったよりは悪くない。このまま生活できるのであれば、大きな問題になりはしないだろう。でも、必ずエスカレートしていくからこそ、私の仕事は成り立っている。

それからしばらく、熱々のチヂミが美味しいうちになくなるほどのスピードで、特にカウンセリングの参考にはならない会話が続いた。

「おっと、そろそろ帰らないと。テッペンまでには帰るって嫁に言ってしまったので」

「次回はどうします？」

「また来週の木曜日でお願いしたいですね。明日、一応、予定確認してからまたリンリンします」

「分かりました」

二人でお店を出て、地上へ出る階段を上がる。目の前の道路をタクシーが一台、二台と通り過ぎて静寂が流れた。

「それじゃあ、また。今日の僕の感想、来週改めて聞かせてくださいね」

「……ええ。ご馳走さまでした」

「あ、拭き取れてます？」

彼は右人差し指で、自分の口元を二回タッチした。

「ええ、大丈夫」

「ならOK。ああ、あと、僕も純正品じゃないよ。父方の祖父母はユーロ圏の血が入ってるし。それでは、良き週末を」

彼はくるりと帰路へ歩を進め、私は反対方向に歩きつつタクシーを待った。久々に履いたTバックは、隙間風に無抵抗だった。

それ以上の関係には未だ発展していない。けれど、行く末は時間の問題、もという、倫理観の防波堤、その強度次第だと、私の半分は呟いている。

彼の奥さんは事務の安原さんと繋がっている——。

＊

半年前、安原智美が通う陶芸教室に月島美香はやってきた。友達に誘われて体験で入ってきたのだが、四人中、結局、彼女しか残らなかった。イケメン陶芸家、山口伝雷が運営するこの教室には常時三十人ほどが通い、三十～五十代の主婦層で賑わっていた。夫と子供から解放される場所でもあり、黄色い声が飛び交う中、安原はその狭間に落ちる月島の影を見落とさなかった。

「こんにちは！　お隣、いいかしら？」

「あ、こんにちは。どうぞ……、あの、失礼ながらまだ皆さんの名前覚えてなくて」

「いいの、いいの。まだ三回目でしょ？　私だって未だに半分くらい分からないわよ。歳のせいかしら？　私は安原智美、ともちんでぇーす」

「初めまして、月島美香です」

「美香さんね。お友達は？」

「友達はみんな、もういいって。なんか泥遊びみたいで嫌になっちゃったみたい」

「そっか。よくあるわね。みんな伝雷先生目当てで来るんだけど、当の本人が忙しくてなかなか現れないしね。ちなみに私は、あそこの柱のそばに立ってる新弟子の溝端小波君が目当て。小顔の割りに眼鏡が大きいから、コナンちゃんって呼んでるの」

愛想笑いの月島をじっと見て、安原は何かを感じ取ろうとしていた。

「あなたは、どうして続けようと思ったの？」

「私は、祖父の趣味が陶芸で、小さい頃よく触っていたので、なんだかその時を思い出して」

「そうなのね。じゃあ、初心者ってわけでもないんだ」

「いえいえ、初心者ですよ。子供の時は、粘土遊びと同じですから」

「とかなんとか言って、そういう人ほどうまくやれちゃうからねー。ささ、始めましょ！」

電動ろくろが回り始めると、少しの間、沈黙が流れた。手際よく陶土を整えていた月島は時折、安原の方を横目でチラッと見ていたが、安原本人は舌をチョロッと出す癖をキープしたまま、目を血走らせてろくろと格闘していた。途端、不意を打つようにして安原は声を絞り出した。

「美香さんの悩みは、きっと旦那ね。もっと言うと、あなた自身だけど」

「えっ？　急に、どうしたんですか？」

「いいのよ、私、分かって声かけてるんだから。言いたくなったらいつでも言ってちょうだいね！」

安原の言葉に、月島は分かりやすく目を泳がせた。そしてその日の帰り際、彼女は先に出た安原を呼び止めた。

「あ、あの……」

「あら美香さん、今日はお疲れ様ね。今日の今日で話してく？」

「はい……」

「そこの喫茶店、入りましょ」

二人は濃い木目調の風合いが視界いっぱいに広がる喫茶店に入り、陶芸教室がギリギリ見える窓際に腰掛けた。安原はお馴染みの雰囲気でアイスコーヒーとモンブランを注文し、アイスコーヒーと一緒にフレッシュとガムシロップがテーブルに置かれるとすぐに封を切った。月島の方はというと、温かいアールグレイが待ちわびるカップの中に、キレイな輪切りのレモンを投入できないままだった。

「モンブランのお客様は?」

「はいはい。美香さん、ホントにいらないの? ここのモンブラン、超美味しいのに」

「ええ、すみません。ダイエット中で」

月島は左手で右腕をさすり、クーラーを嫌がっている様子だった。

「あの……、安原さんの、分かって声かけてる、っていうのは……」

「私の場合ね、旦那が癌で死んでからだったんだけど……」

モンブランを囲うアルミ箔を開く音、それ自体は二人とも嫌いではなかった。

「いつもあんなにケンカしてたのに……、やっぱり人って、一緒に過ごした時間次第なのよね。自分が捧げた時間。どんなにいがみ合ったところで、一緒にいること自体が自己承認欲求の充足。失ってすぐ、自分が分からなくなる」

月島がようやく安原の目を見た時、安原の視線の先はガラス窓の外だった。

「あなたはそうなりたくはない、って顔してるわね。今を失ってしまうことへの不安」

月島は、旦那が最近トリップを始めていること、経験者だった自分はそれにすぐ気付いたことを、小さな声で話し始めた。

「この前、主人が遅く帰ってきた時、私と娘が寝ている部屋に入ってきたんです。それ自体はよくあることだったんですけど、これまでは娘の顔にキスをするぐらいのものだったので」

「マスター、ごめん。やっぱりモンブランもう一個くれる？ あと、お水ちょうだいな。それで？」

「すみません……。でも、この間は娘に添い寝しながらこう言ったんです。『優菜、またマミー牧場行こうなぁ。来月から、あそこのロバ達には羽根とツノが付くんだって。ペガサス、リスペクトぅ、なんつってツイートしてたぞぉ』って。どれだけ酔ってもそんなこと言わない人だったので、私、ハッとして彼の方を見たんです」

「そしたら、そんな感じだったたってわけね」

「はい……。今はないんですけど、私、結婚前に飛んでる時期があったので、暗くても、目を見た時にすぐ分かりました。まさか主人が、とは思ったんですが……」

「お待たせしました。モンブランです」

安原は二個目のモンブランを月島の前に置いた。

「どうぞどうぞ、食べて。……まさか、なんて都合のいい感情は独りよがりよ。しかもあなた達の場合、心の補填じゃなくて、娯楽の余剰じゃない。そう悲観的になることもないわ」

「そう、なんでしょうかね……。あ、美味しい」

「でしょ？　遠慮なんてものがメリットになったことなんか、私、知らないわ。まぁ、私にできることはやるわよ。もっといろいろ教えて？」

後日、安原さんはライフワークの一部としている盲導犬支援の募金活動を彼の職場近くで行い、ティッシュを媒介にして、京太郎さんと私を引き合わせたのだった。

*

五回目の面談、倫子さんのコアな部分が剥き出しになった。何気ない会話から、私が彼女の旦那を蔑んだことがキッカケだった。もちろん、私にはそんなつもりは毛頭なかったのだが。

「その辺の程度の低い女房と一緒にしてんじゃねぇよ！」

「痛っ！」

倫子さんは勢いよく左足で机の脚を蹴飛ばし、反動で私の右肘付近を机の縁が強打した。そして即座に鈍痛へ変わった。

痛みの走った部分を左手でさすりつつ見上げた倫子さんの目は、直線的に太くガンを飛ばしていた。机を蹴った左足は拇指球で小刻みに床をタップし、少しでも怒りを分散させようとしているみたいだった。

「あんたがあの人の何を知ってるわけ？　上っ面でキラキラしたビギナーのヤク中とイチャコラしてるお前に言われたかねーんだよ！　年相応にもの言えよ」

私としては、倫子さんと似たような過去のケース、現在進行形のケースを紹介しただけのつもりだった。どんな道のりを辿って更生していったか、または何が障壁で前に進めていないか、そんなことを話しただけのつもりだった。けれど、結局はDVの実行者である彼女の夫に非を向けなければならず、その意味では、倫子さんの愛情の毛並みを逆撫ですることになった。

「DV、DV言ってるけどよ、旦那の愛情を受け止め切れるかどうかの器の問題じゃねぇの？　嫁としての器に耐えきれなくなった奴がよ、そんな横文字使って逃げてんじゃねぇのかよ？　あ？」

旦那は悪くない、自分が至らない――その気持ちがあること自体が、彼女達と倫子さんを結び付けている。でも私は無言のまま、倫子さんとじっと見合って、時間が過ぎるのを待った。やがてタップする左足は弱まっていった。

「ごめん、ちょっと一服してくる」

こういう時、喫煙者は間の切り方が楽でいいなと思う。

腕の痛みが室内を張り詰めさせた五分後、落ち着いた倫子さんは缶コーヒーを二本、左脇に抱えて戻ってきた。私の分のスチール缶は高い音を鳴らして机に着地し、倫子さんの分はフタを歯切れ良く鳴らして即座に彼女の口元へ吸い込まれた。

「ありがとうございます。すみません、気を悪くさせちゃって」

「ごめん、ごめん。別に梨子ちゃんが間違ったこと言ったわけじゃないし。ただ、こう、やっぱり、旦那をね、力也さんを否定的に言われるのは、どうしても踏ん張れない。私を沼から引きずり出してくれた王子様だから」

倫子さんはそう言うと、生まれた家の話を始めた。

三人姉妹の真ん中で、総合商社勤めの父と、高校教師の母の間に生まれ、不自由のない環境で育った。しかし、勉強ではどの年代でもトップクラスの姉と比較されたし、音楽の才に秀でた天真爛漫な妹はどこの輪に入ってもアイドル的存在で、倫子さんには比較する材料すら見当たらなかった。平和そうに見えた家庭の中で、孤独感は研ぎ澄まされていく一方だったのだ。

倫子さんだって何もなかったわけではない。ひたぶるに続けたテニスは高校で実を結び、インターハイでは個人で全国ベスト8の結果を残した。両親の喜ぶ顔を見ることができ、ようやく自分を承認できた瞬間だった。けれどその晩、両親の柔和だった表情が飴細工も同然だったことを、漏れ聞こえてきた二人の会話で知る。

「キン大？　声かかったのキン大だけ？」

「そうよ。私も微妙、って思っちゃったけど。しかも特待生って言っても学費は普通にかかるんだって」

「涼子の大学院の金だって考えとかないといけないし、なんつっても遥香の音大のこと、本腰入れて考えないといけないしな」

「そうね。でも倫子にはテニスしかないのよ。あと四年、思い切りやらせてあげたら？」

「倫子はその気なのか？」

「あの子のことだから、私達の顔色次第よ」

「未だにテニスって興味湧かないんだよなぁ。しかもキン大って……。大阪人嫌いの俺への当て付けか？　まぁ、どっちでもいいけど」

「明日聞いとくわ。それよりあなた、遥香のために注文しておいたフルート、明日届くわよ」

「おお！　そうか！」

倫子さんは翌日、進学しないことを母親に告げたのだった。母親は母親で「そっ」と、素っ気ない了承を返すのみだった。

「姉さんはトウ大卒。在学中に現役で合格した弁護士と結婚したわ。妹はムサシノ音大卒。卒業してからチェコの交響楽団でフルート吹いていて、気付いたら指揮者と結婚してたわよ。私、よくグレなかったと思わない？」

今が遅れた反抗期なんですね、とは口が裂けても言えなかったけれど、やり場のない劣弱とした気持ちが心の底に、マグマのように流々と脈打っている様子がよく見えた。ロクに勉強もせずゲーセン部活漬けだったくせに、サラッと都内の国立大に行った私の弟のことが一瞬頭をよぎったが、そのエピソードとは比べ物にならない。

「うちの旦那はね、そんな私にとってはメシアだった。仕事だって、パパと同じカテゴリーで、しかも格上。さらに、あんだけパパが馬鹿にしてたド関西人。愛さない要素なんてなかったわ」

倫子さんの劣等感を洗いざらい流し去ってくれた存在が旦那さんだったわけだ。

「初めて実家に連れていった時のパパの顔、思い出すと今でも落ち着くわ。無理やり笑って、頬筋が強張って可愛いかったわ。ベラベラと嫌いな関西弁を聞かされて、会話の主導権も握れずに。ちょうどその頃、パパの会社が傾き気味で、旦那の会社に吸収される話があったの。結局、破談になって違う大手と組んだんだけど。なんで？　って旦那に聞いたら、『いらんもんは、いらんねん』って。心がスーッとして、その風が吹いたまま軽やかに結婚生活に入れたのよ」

旦那のことになると饒舌な倫子さん。決して声のトーンは調子の良さを感じさせないけれど、脳が喜んで回ってる、という感じだった。

＊

「富士山、登んない？」

八回目のカウンセリングを終え、今日分の調書を仕上げ始めた時、倫子さんは仰け反った姿勢のまま、唐突にそう言った。

「富士山？　ですか？」

「私、登ったことないのよ。あんたは？」

「私もないです」

「じゃあ、決まりね。安原のおばさんも連れて三人で行きましょうよ」

山登りと言えば、学生の頃に登った高尾山ぐらいしか記憶にない。たぶんアウトドア本格派の人達に言わせれば、登山の括りにも入らないだろうし、帰りはリフトで下山した、なんて言ったら到底仲間には入れてもらえないだろう。

「倫子さん、アウトドア派でした？」

「まぁ、アウトドアが趣味の範疇に入ったことはないわね。でも、学生時代テニスで鍛えた足腰には自信があるわよ」

「それって四半世紀前の話じゃないんです?」

「あらやだ、四半世紀は言い過ぎでしょ。えーと、ああ、言い過ぎでもないのか」

「どうして、また急に?」

倫子さんはなんとなく見た自分の右肩に糸屑が付いているのを見つけ、左手でつまみ、床へ落とした。そしてインナーの白シャツの首元を気にし、次に裾を気にした。古着らしいほつれのどれかから、糸が飛んだのだろう。

「夜中にさ、エヌエッチケーで自然の風景、流したりするじゃない。その日の放送休止に入る前とか」

「ありますね。あまり見たことないけど」

「一昨日だったかしら。スイス?　の山が映ってたのよ。マッターなんとかって言ってたような気がするけど」

「マッターホルンですね」

「そうそう。さすが大卒は違うわね。それでね、めちゃキレイだったから、なんか山登りしようってピンッと思ったわけ」

「それでいきなり富士山ですか?」

「いきなりって言われても、山って言ったら富士山ぐらいしか知らないもの。これまで会った何人かのアウトドア派は、みんな富士山登ったたって言ってたわ。それ以外の山って聞いたことない」

「そんな簡単に登れる感じじゃないと思いますよ。山を舐めると、痛い目に遭いますよ」

お前が言うな、と内心自分にツッコんだ。

「まぁ、いいじゃない。思い立ったが吉日でしょ?」

「はぁ」

患者のプライベートに寄り添う信条が、断る選択肢を初めから消していた。

「うちにね、将棋打ちに来る男の中に、宮武っていう股引のジジイがいてね」

いつ富士山に登る、アウトドア用品はどう揃える、トレーニングはどうする、みたいな細かな話はさておかれ、倫子さんは話し続けた。

「将棋は一度も勝ったことがないから、私を抱けた試しはないんだけど」

プッと笑う彼女の近頃は、少しずつ明るみを増してきている。

「『俺ぁよ、毎晩寝る前に将来の夢を考えるんだ。クルーズ船で世界一周とかよ、最近できた市営住宅への引越しとか、孫のランドセルを手製で作るとかよ』って。還暦越えたジジイが将来の夢だなんて、男はずっと子供よね」

部屋の外では安原さんの明るい声がする。電話で息子さんと話しているようだ。

「女ってどうしても現実的じゃない？　悪く言えば近視眼的、っていうか。私の夢はずっと『お嫁さん』で、専業主婦だったから、それが叶ってからは将来の夢って発想は全く浮かばなかったわ。考える余裕がなかったってわけでもないんだけど、そういう機能がきっと休眠したまんまなのよね。あんたは何かあるんだっけ？」

「私はとりあえず、まっとうな人と出会って、ちゃんとした家庭を持つことですかね？」

「あら、月並みね。もっと深掘りしたら何か思いつくんじゃないの？」

「ですかね？」

「でも、そういうのってむりくり出しても続かないから、人生の後半は、より思い付きを大事にしようと思って」

「それで、富士山？」

「そ。あれやこれや悩んでてもストレス溜まるだけだし、ここに来てから、やっぱりクリーンタイム伸ばしたいなと思ったから。まぁ、また詳細は次回にでも考えましょ」

「分かりました」

「それじゃあ、またね」

「今日は直帰ですか？」

「ううん。今日は手厚い年金暮らしの元公務員と、ハイボールバーに行くの」

「ほどほどにしてくださいね」

「私はそうしたいんだけど、向こうはお酒も夜の方も強めだから」

「また酔っ払って遅い時間に電話してこないでくださいよ」

「あら、出なきゃいいじゃない」

「鳴ったら出ますよ」

「ふふ。いっそのこと、あなたも来る？」

「いえ、遠慮しときます」

「そ。ほいじゃあね」

赤い口紅の口角を少し押し上げたあと、倫子さんは鉄製の扉を押し除けて軽快に消えていった。


後日登った富士山で、私はあっさり高山病にかかってしまった。倫子さんとなんとか頂上まで辿り着いたものの、気分は最悪。ちなみに安原さんは六合目で速攻ドロップアウト。登山直前のカウンセリングでブラックアウト気味だった倫子さんは、当日は嘘みたいにシャカリキに登り切り、意気揚々と達成感を味わっていた。

私は倫子さんに介抱されながら地獄の下山をし、その後、一週間は調子が戻らなかった。だから、あまりいい思い出にはならなかったが、下山する途中、薄い意識の中で聞いた倫子さんの言葉が耳に残った。

「酸素が薄いと、なんだかハイになれるのね。いい場所ね。みんなが狂ったように登りに来るはずだわ。人生の待ち時間なんて、いつかゼロになるんだし、日本人ならそりゃ来ておくべきよね」

＊

「梨子ちゃん、見て」

登山から四日後のカウンセリングで、倫子さんは部屋に入るなり、髪をかきあげて左耳を見せてきた。耳たぶの曲線に沿って、サソリが彫られている。

「どうしたんです？　タトゥーなんかしたことなかったですよね？」

「うちに新しく来た男で、彫り師なんだけど、一回彫らせてくれってうるさかったのよ。私、痛いのはもうコリゴリだからって断ったんだけど、押しに負けちゃってさ」

倫子さんの言う彫り師の男は、スキンヘッドで全身タトゥーだらけ、自称《地獄絵図》の名前でちょっとした有名人らしい。

「なんか富士山登ってから何でもイケちゃう気がして。だから昨日、彫らせてあげたの。どこでもいいから、一点物、一箇所だけを条件にしてね。イメージだと背中だと思ったから服を脱ごうとしたのよ。そしたら脱がなくていいって。耳たぶなんかーい、って大笑いしたわ。でも、いいでしょ。気にいっちゃった」

蒼く膨らんだサソリをコンパクトで確認しながら、凜子さんは少し下唇を噛んで嬉しそうだった。

「ああ、あともう一つ、こっちの方がヤバいんだけど」

「ヤバい？　やらかした方ですか？　また国道でぶっ倒れたとかですか？」

「違う違う！　それ年に一回あるかないかだから」

年に一回でも十分だ。

「自分でもビックリしちゃったんだけど――」

富士山頂の空気を吸ったからなのか、倫子さんの顔色は、いつもよりツヤがあるように見えた。私はというと、目の下のクマがまだ残っている。

「山登った次の日よ。一ヵ月ぶりに旦那のところに行けてね、穏やかに寝てる顔をボーッと見てたの。そしたら私、『あなた、私なんだかお腹すいちゃった』って、言ったのよ」

「夕方かなんかだったんですか？」

「夕方だけど、時間帯の問題じゃなくて。お腹がすいたぁ、なんて、いつぶりに言ったかも思い出せないくらい久々に言ったのよ！　そんな感覚、しばらくなかったから新鮮だった」

倫子さんは両膝の上に両肘をついて、私の胸の高さあたりから、私の目を覗き込んだ。

「びっくりして息子にメッセージ打ったの。そしたらさ……、見てコレ！」

レザージャケットの内ポケットから登場したウサギ耳のスマートフォン。息子さんとのやり取りの履歴をデカデカと見せてくれた。

「『レア過ぎる！　お腹の音、録音しといて♡』だって。ウケるよね。旦那がリセットする前は、どこにでもいる反抗期息子だったんだけどね。随分愛くるしい子になったわ。ちょっと気持ち悪いくらいだけど」

私が母親だったならと想像すると、理想的なセッションだと思うけど、彼女にとっては旦那さんがずっと一番。息子さんとの感情のやり取りは、二の次、三の次なのだ。

「旦那さん、何か言ってました？」

「力也さんはねぇ、日も暮れかけて、点滴を換えるタイミングでようやく起きたわ。ちょっと私の方を見て、猫みたいに一回ギュッと瞬きしたの」

「おかえり、って意味でしたっけ？」

「そうそう。これだけレクチャーしてたら、梨子ちゃん、マンツーマンでも旦那と会話できそうね」

「分からないですよ、きっと」

「そんなことないわよ、十分話せると思うわ。それでね、そのあと彼、ベッドから真上を見てた。その先には大きいモンシロチョウが飛んでるのよ。飛んだ跡を辿るとね、『さくらは、みれた？』って」

倫子さんは旦那さんと出会ってから、花見を欠かしたことがない。隅田川や目黒川はもちろん、六義園、千鳥ヶ淵あたりの都内名所は毎年回ったという。

「あの人はいつでも、私と一緒に過ごしたあの春の中にいるんだって思ったら、嬉しくなったわ。『やっぱり日本人はな、桜や。日本代表も桜やろ？』って、旦那の口癖だった。私の宝物」

一見変わらない日常が少し違って感じられた時、その人はもう解脱に進み始めている。大きな影響を与える小さな変化は、いつだって誰だってリアルタイムには気付かないものだ。一進一退が続くのは、何もこの仕事に限ったことではないのだろうけれど、私はミリ単位で進む確かな手応えを感じ、わずかに心を湿潤させた。

このあとも倫子さんの話は止まらなかった。まるまる一時間、私の合いの手も虚しいほど元気だった。それも、クスリを入れていない日。私はこんな日の彼女達を体のパーツごとに観察しながら、空気感と共に強くメモリーする。

人生が今よりも前進すること。それは十人十色、千差万別、色とりどり。どの方向が前進で後退かなんて誰にも分からないし、壊して直しての繰り返し。

他の患者と同じように、倫子さんとの日々は今後も一進一退が続くんだろうけれど、彼女からもらう刺激は、私にとって、たぶん新しいモーメント。私自身の行く末もまた、それに合わせてゆるやかに変えていけばいい。

＊

「カンパーイ！」

倫子さんのカウンセリング後、理事長がしゃぶしゃぶに誘ってくれた。以前、私の患者だった美穂ちゃんが社会復帰したらしく、理事長は上機嫌だった。

「美穂ちゃん、職場決まったのね」

「おう。おばあちゃんと住む実家に近い、茨城の車体組立工場よ」

「よくそんな大手に入れたわね、さすが理事長」

「いやいや、工場長も施設管理部のトップも昔の馴染みでよ。それでも相当、頭下げたんだ」

うちの理事長、黄輝雄《コウテルオ》は、政界、経済界の団体では知る人ぞ知るフィクサー的存在、だそうだが、私はその実態をよく知らない。「コウには手を出すな」とかいう、ネットの掲示板に出てる程度の知識しか未だに持ち合わせていない。

「美穂ちゃんには最後は嫌われちゃって、結局、カウンセリングも理事長のお世話になっちゃったけど。女同士の難しい部分、出ちゃったかな……」

「そんなことねぇよ。美穂ちゃん、今日言ってたぞ。『梨子さんには本当、感謝してます』って。でも、『顔思い出すと今でもイライラしちゃうから、落ち着いたら、また挨拶行きます』って、満面のすきっ歯で言ってたな」

「ふふふ。どっちにしたって嬉しいわ」

私と理事長は仲良く、夫婦が娘の門出を祝うような気持ちでゴマダレを楽しんだ。

「最初の給料はどうすんだ、って聞いたんだよ」

「あの子のことだから、とりあえずホスト行くんじゃないの？」

「馬鹿野郎、ちげぇーよ。母ちゃんが来月還暦だから、グッチの赤いチャンチャンコ買ってあげるんだって」

涙が吹き出した。それは理事長が先にそうだったから、ドミノ式で瞬間的だった。

「どーしよーもねぇ、おっかぁのせいで、あんなになっちまったのによ。たぶん、俺がそんな顔してたんだろうよ。『理事長、おっかぁは、おっかぁだよ』って笑ってた」

美穂ちゃんの二十年は、想像を絶する人生だった。シャブ中だった母親のもとに生まれ、彼女もまた当たり前のようにそうなっていき、物事の分別は幼い頃から教わる機会がこれっぽっちもなかった。毎回、顔の違う母親の男達。パパだと自称する獣の折檻。二回の中絶。施設でのイジメ。短くなった人差し指。足りない歯の本数……。高架下で理事長に拾われた時は、ほとんど服を着ていない状態で、〈どなたか私を殺してください〉と書かれた段ボールに入れられ、両の手を金網に括られた状態だった。虚ろな目で涎を垂らす彼女の足下には封筒が置かれてあり、「人生は割り切ろう！」の文字と共に二万円が入っていた。

まだまだ経験の浅かった私と彼女とのカウンセリングは、メントスコーラのような日々だったが、女同士、髪を引っ張り合って喧嘩するような関係も久しぶりで、今思えば充実していた。

私はその来し方を思い、喉につっかえた嗚咽の吹き溜まりを、ビールをかき込んで押し戻し、ベルを鳴らして店員を呼んだ。

「すみませーん、ビールおかわり。理事長は？　ハイボール？」

涙を何度か拭い、理事長は一度だけ頷いた。

「グッチにチャンチャンコなんて、あったかしら？」

「知らねーよ」

心地よいお酒の回り方は、食欲も増して体にいい。

「ああ、最近、息子さんには会えたの？　ダルクから逃げちゃったんでしょ？」

「おう。今日も行ってきた。山梨は相変わらず遠いわ。何度目か知らねーけどよ、あいつはあそこの笹本を一番信頼してっから、どうせまた戻ってくるんだ。案の定、連絡は取れてるみてぇだし。面倒見てくれる教会だってあるからな」

「そうなのね。ちょっとずつ、進んでいるのよね」

「いつも笹本が言ってんだけどよ、あいつは嫌で脱走してるんじゃないんだと。ダルクで一緒に暮らす奴らが、あまりにも真正面から自分と向き合ってて、それと自分を比べちまって苦しくなるんだとよ」

「そうなの？　そっちの方がよっぽど真面目に考え過ぎてる気がするけど？」

「血の繋がった人間のことほど、分からねぇことはねぇやな」

「そうね」

しゃぶしゃぶも終盤に差しかかり、取っても取っても出てくるアクを、それでも懲りずに取っていく。私の仕事も一緒なのかもしれない。私自身のアクは誰が取ってくれるんだろう？　そう思ったけれど、それはきっと我儘な思い込みで、気付かないうちに減っているんだと思う。なんだかんだで周りの人間に恵まれていると思うから。


「りっちゃん、『千代』行こうよ」

　理事長は、今日は相当に機嫌がいいらしい。馴染みのスナックに連れていかれる時は、そんな時。

「あら、いらっしゃい。今日は梨子ちゃんも一緒なのね。テルさん、今日マッカラン十二年物もらったんだけど、飲む？」

「いいね、頼むよ」

「梨子ちゃんは？」

「ビールでお腹膨れちゃったし、冷えたから、ホットウーロンで」

「はいはーい」

　理事長はこの店に入ると、静かになる。ママの千代さんとはかなり古い付き合いで、他のお客さんがいても、千代さんはすぐ理事長の対面に戻って喋り続ける。

今日はよりによって良いお酒が二人を回しに回した。千代さんはピークを迎えると必ず歌う歌がある。理事長はいつもなぜか、その時だけ千代さんと目を合わさない。

「せきにん、とぉ〜って、せきにんとぉって、あなたも、おとこなら〜」

言うに言われぬ関係があるのは何もこの二人に限った話ではないけれど、私から見れば〝不純〟なんてイメージからはほど遠い二人だ。

やがて日付が変わる頃、私は理事長をタクシーに押し込んだ。

「梨子ちゃん、またランチ行きましょうねぇ。テルさん、あとで電話するぅ」

「千代さん、ありがと、またね。運転手さん、とりあえず九段坂上まで」

雲の隙間から月が煌々と光り、時折恥じらったりしている。

「りっちゃんよぉ、俺ぁ、りっちゃんがやめんのも、ずーっと、待ってんだからなぁ」

「……よく飲みましたね、今日は。マッカラン、開けたばっかりだったのに、ほとんど空いてましたよ?」

理事長の乗るタクシーが見えなくなったあと、月明かりと同じくらい明るいスマホの画面に、京太郎さんからのメッセージが通知されていた。

『来週のカウンセリング、どこでやりますか？』

私はロックを解除しないまま、画面を暗転させて、しばし目を閉じた。

帰宅後、キッチンの下から〝報酬〟の入ったプラケースを取り出し、目分量でガラステーブルの上に準備した。そしてティッシュで鼻をかみ、所定のモーションに入ったあと、ひと呼吸おいて、小指の爪先分、量を減らしたのだった。

エリナ・パティ

この大きなセント・マッケイン病院の小さな個室に集まった彼、彼女達は、もちろん誰しもがエリナに所縁《ゆかり》のある者達ばかりだったが、その親近感はまちまちだ。中には、エリナが病床に伏して初めて会った者や、半ば冷やかしで付いてきた者もいた。

しかし、彼女の死期が近づくにつれて、見舞いに訪れる人数が増えているところを見ると、エリナと一人ひとりの距離感は、想像を超える速度で接近していったようだ。

エリナが病に倒れ、入院生活を開始してちょうど二年の月日が流れた今日も、彼女の周りを見舞い人が取り囲み、彼女を見つめていた。そこでは、心配そうにというよりは、何か楽しみで仕方がないといった雰囲気が幾分上回っていた。

「ちょっと、ごめんなさい。ミュリエル、それ、取ってくれないかしら」

ミュリエルはエリナの同級生で、彼女を最も見舞った少女だ。大抵エリナに一番近い、テレビが一体となった台のそばに座っていることからも、その近しさが窺える。

ミュリエルが指示どおりに手に取った容器には、白湯が入っている。エリナはそれを一口ゆっくり飲み込むと、チューブを鼻に通した人間のテンションとは思えないほど、元気に語り出した。

「おばあちゃんはこう言ったの！『あなたが産まれた時、それはそれはとんでもないものが天から降ってきたような気持ちになったわ。あらやだ、石とかミサイルとか、男が好きそうな野蛮な物じゃないのよ。前の日まで腰と足が痛くて痛くてたまらなかったんだけれど、エンドルフィンが脳内にすごい出て、一気に元気になったわ。まるで昔ハーグで吸った大量の大麻くらいのインパクトがあったわ。あらやだ、まだおじいさんと出会いすらしてない若い頃の話よ。とにかくあなたが産まれたことで、他の物は一切欲しくならなくなったわ。エリナ、いいこと、あなたの存在はあなたが思っているほど小さくはないの。確かに全てがか細いけれど、それは流動食のせいであって、あなたのレゾンデートルとはなんら関係がないのよ。おばあちゃんが感じたこの気分を、町の誰も彼もが味わえば、例えばメリンダさんとイゴールみたいに毎日いがみ合わなくていいはずだし、煙モクモクのローレン酒場で屈強な坊や達がやけ酒して、挙げ句の果てに拳を交えなくたっていいのよ。まあ、酒場が儲からないとチャックさんとこは職がなくなっちゃうけど、裏の畑で作ってるレタスか何か売ってれば家族三人は養っていけるでしょ。とにかくエリナ、あなたにはそれくらい大きくてなんとも表現しようのない粋ないい心があるのよ。こうやって喋ってる時でさえ、ほら、私、腰の痛み忘れてる。足だってもう二、三分話してれば、痛覚なんかなくなっちゃうわ。毛穴という毛穴からエリナの優しさが入ってきているに違いないわ』って！」

暗記が得意な方ではなく、社会や歴史といった類の勉強は苦手なのに、かくも心を揺らした大事な人の言葉は、エリナの脳の真ん中に、色褪せず鮮明にメモリされている。

「だから私、めいっぱい生き切るの！　生きて生きて生き抜くの！　それは何年とか何ヵ月とか、時間じゃないのよ。心に浮かんだ一瞬の思いを大事にすることなのよ。例えば今だったら、『みんな、ありがとう』って気持ちかしら」

彼女を囲んでいた人々は誰もがその場で目を潤ませ、あるいは帰り道、堪えきれずに感情があふれ出してしまった。彼女の前では絶対に泣くまいと心に決めていても、エリナの言葉の前では全くの無意味であった。

彼女がいなくなったその時は、もちろん皆の心は崖から突き落とされ、海の深くまで一気に沈み、一瞬で肺が押し潰されるような気持ちになった。しかし、だからといって、その後の人生に影を落とした者は一人もいなかった。彼女のことと彼女の言葉を誰かに伝える時、心に火が灯るのを感じていたからだ。

その積み重ねで人生を豊かにしていった者、夢を真っ直ぐに追い続けられた者、苦しみから逃げずに向き合えた者、悲しみを乗り越えられた者、等々、行く末は様々で、中には、失ったものを取り戻した者さえあった。

彼女がそれぞれの心に撒いた種は、多種多様に咲き誇っていったのである。

その積み重ねで人生を豊かにしていった者

作家のマーティ・バタフライは、少年少女を主人公に据えた書籍を多く世に出版していたが、処女作『未来都市漂流記』以降、なかなかヒットには恵まれなかった。それどころか、とある時期に「青少年保護推進機構」なる団体から、作風に児童愛好家の徴候が見られると評されたことを皮切りに、ありもしない事実があっという間に彼のイメージを変えてしまった。

もちろん各々の作品は、意図せずとも作家のその時々の心の有り様を映してしまうことがあるのは確かだ。世間から叩かれるようになる前、長年不妊治療に悩んだ妻が躁鬱になり、彼の心に強く影響した可能性はある。だが、だからと言って、決して少年少女の純粋さを作品の真ん中に置くことをやめたわけでもなく、捻じ曲げて表現したわけでもなかった。

本人にとってはなんの因果関係もなかったが、ビギナーズラックを欲しがった若いゴシップ雑誌ライターは、時流と記事が合致する快感の赴くまま、マーティの著作に関する書評を書き殴った。世間の風評は瞬く間に広がり、それが妻の容態を著しく悪化させ、ついには命まで自らの手で絶たせてしまった。

何もかも失ったような気がしたマーティは、拠点としていたニューヨークから引き揚げ、地元ソルトレイクに帰ることにした。

帰ったらまず、何を差し置いても心の拠り所となる友人を訪ねるのは自然な流れだ。幼馴染のヒムロの邸宅に赴き、心情をただただ吐露し続けた。ひとしきり話を聞いたあと、ヒムロはマーティの背中をさすりながらこう話しかけた。

「マーティ、君の状況はずっと知っているし、分かっているよ。やめたくなるのも必然だし、選択は君の自由さ。だがね、君が書き続けなければ、応援してきた僕達の気持ちの行き場はどうなるのさ。こんな月並みなことは言いたくないけど、君の奥さんだって絶対に浮かばれやしないんだ」

心を削って絞り出した親友の言葉でさえ、悲しみに暮れるマーティの心には、そう簡単には響かなかった。

そんな彼の様子をじっと見ていたヒムロは、思い出したようにまた話し出した。

「そうだ、マーティ。知り合いの娘さんが、君の本が好きだと言っていたのを思い出したよ。なんでも、今は病で苦しんで入院しているそうなんだ。会いにいかないか？　君は読み聞かせのボランティアもやっていただろ？」

マーティは特にはっきりとした返事はしなかったが、言われるがままついていく意思があることは、ヒムロには理解できた。理屈や言葉では語れない関係性が、二人の間にはしっかりと流れていたのである。

＊

この頃のエリナはといえば、人と比べるともちろんその明るさは際立ってはいたものの、病を発症して最初の苦しい治療の時期を迎えており、時に元気のない姿を見せることがあった。マーティをここへ誘うことになったのは、他でもない彼女の親友のミュリエルがきっかけだったが、当日直前になっても、誰が見舞いに来るかは秘密にしていた。

「ミュリエル、あなたがそんなに口を割らない分、ハードルは上がってるわよ。

口の中にレンガが挟まってて、うまく唇を動かせないとか、そんな理由なら今のうちにハッキリ示しておくことね！　まったく、都合のいい時だけ喋れないのを正当化するんだから。これで期待外れの人物が来たら、もうひと欠片、レンガを口に突っ込んでやるんだから、覚えておきなさい！」

ミュリエルはとんと反応をせず、テレビに映る全英オープンを見つめ、そして優勝候補のウォーターハザードにほくそ笑んでいた。エリナはそちらを随分と前から睨んでいたが、

「やぁ」

と言ってヒムロが現れた瞬間、それだけでカーテンがたなびくような速度でミュリエルの方を向いた。

「ミュリエル！　どういうことよ！　このぽっちゃりマッシュルーム頭は入室禁止だってあれほど言ったじゃない！　キノコが嫌いな私に、なんの当て付けかしら⁉」

ミュリエルはまたしても反応せず、次の組のアメリカ人が見事な水切り

ショットを披露したことで、ことさらニヤニヤしていた。

「ひどいなー、エリナ。今日はせっかく君の会いたい人を連れてきたっていうのに」

「ちょっと、勝手に喋らないでくれる？　あなたの髪型を目の前に晒されて、それを打ち消すような人物の登場なんてあるのかしら？　前回あなたに会ってから三日三晩、いろんなマッシュに夢の中で追い回されたわ！　ああ、思い出すだけでもおぞましい」

「じゃあ、僕は彼の登場と共に外で待つことにするよ。マーティ、入って」

そう呼ばれると、マーティは六・五フィートほどもある長身を部屋に通すため、少しばかり膝を曲げた。

「僕は外で待つから、ゆっくり話してくれよ」

「おい、僕は初めましてなんだから、間を取り持ってくれないと困るよ」

マーティを見た瞬間、エリナの瞳孔は一瞬縮み、そして少し戸惑いながらも的確な幅に拡がった。

「まぁ、なんてことかしら、ミュリエル？　私は今、マーティ・バタフライを目の前にしているような気がするわ。ミュリエル、ねぇ、ミュリエルったら！」

動揺する気持ちはエリナの左手を通じてミュリエルの左肩を激しく揺らしたが、ミュリエルはその手を右手で、ポン、ポン、と二度叩いただけだった。

「ハイ、エリナ。初めまして。名乗るより前に名前を言われちゃったけど、そのとおり、マーティ・バタフライです」

エリナはぽかんと開いてしまった口を一度左手で閉じ、正気を保つように、真っ白な頭の中を一度現実で塗りつぶした。

「ちょっと、おしゃれキノコちゃん、入って！　説明もなしに退室するなんて、失礼を重ねているだけよ！　ちゃんと説明してちょうだい！」

再び入室したヒムロは両手を広げ、天を仰いだあと話し始めた。

「君はマーティの本が好きなんだろ？　そこにいるミュリエルが、最近エリナがつらそうだって言って、どうしたらいいか君のパパに相談したのさ。それをパパが、パパ会で涙ながらに話していてね。その時にマーティの話が出たんだ。僕にとっては幼馴染のマーティを呼ぶなんて、クルミを割るよりはるかに簡単だなんつって、今日があるわけさ」

その時、もうすでにエリナは赤い鼻の横道を涙で川に変えていた。

「かつてない、あなたはかつてないマッシュよ、ヒムロ。好きなマッシュができるなんて思いもしなかったわ」

「よかったよ、エリナ。今日はマーティも時間があるから、心ゆくまで語っておくれ」

大袈裟なリアクションにマーティは面食らっていたが、ミュリエルに促され、エリナと視線の高さが合うアウトドア用の小さい椅子に腰掛けた。

「改めまして、こんにちは、エリナ」

「ハイ、マーティ。エリナ・パティです」

もうすっかり乙女の顔になっているエリナの胸には、彼女のバイブルと化した『未来都市漂流記』が抱かれている。

「僕の作品、読んでくれているみたいだね、ありがとう」

「マーティ、読んでいるなんてレベルじゃなくてよ。この本で何度、胸に感動を呼び起こしたか知れないわ。ほら、見て。最後の二十七章なんて、全てのページが涙で濡れて皺が寄っているのよ」

「す、すごいね……」

　さすがのマーティも、熱狂的なファンを前に戸惑う気持ちを隠せなかったが、それでも自分の作品を抱き抱える少女の姿を見て、自分のやってきたことは正しかったんだと気持ちが少し上向いた。

「そんなに読んでくれているなんて、作家冥利に尽きるよ。まさにエリナ世代の子供達に読んでもらいたいと思って書いたからね」

「他にもほら、『少林寺少年キム・ソンミ　～チンタオの空に～』とか、『ハイスクールウォーズ』でしょ、『宇宙艦隊ヤマモトと異星少女フリンの邂逅』もあるし、『トミー兄弟、天を舞う』だってあるわ。家に帰ったら『トム・ソイヤ、祭りでそいやそいや』『イワノフ、レニングラードで追いかけっこ』とか、他のもいろいろ揃えてるわ」

「すごいね。嬉しい、嬉しいよ、エリナ」

「えへへ。ところで、今は何か書いているものがあるの？　新作を待ち焦がれ過ぎてカレンダーを何枚めくったか記憶にないわ」

　そこまで会話を続けたところで、マーティは鼻でひと呼吸した。

「……それが、最近はね、ちょっとうまくペンが進まないんだ」

「あら、そうなの。あ！　あれね、世間があなたに謂れのない噂を投げつけているからでしょ！」

「もちろん、それも大いにあるんだけどね」

マーティはさすがに子供を前にして、妻が自ら命を絶った話はできないと思った。

「大人はいろいろ重なることがあるんだよ、エリナ」

ヒムロがそれとなく、大雑把な表現で救いの手を差し伸べた。

「おい、マッシュ、子供だからって、やんわり言ってごまかすんじゃないよ。知ってるわよ。奥さんを亡くされたのよね」

エリナはいつでも、真っ直ぐに言葉を紡ぐ。大人二人は自分達の大人らしさを少し反省し、頭を掻いた。

「なんでもお見通しなんだね。そうなんだ、エリナ。あの日以来、執筆用の机にすら向かえなくてね」

「やっぱりそうなのね。それはどうしろったって、すぐに解決することじゃないわね」

「ああ。子供達に作品を届ける使命が僕にはあるって分かっているんだけど」

「いいじゃない！　私はずっと待ってられるもの。その間、ここにあるあなたの作品達を、文字が読めなくなるまで泣き濡らしてやるわ。その時はまた新しいのを買ってちょうだいよ、ミュリエル」

ミュリエルは首を横に振って返事をしたが、エリナには無意味であった。

「その時は僕からプレゼントさせてもらうよ」

「まぁ、なんて素敵なのかしら、マーティ。とことん素敵でまいっちゃうわ」

「ハハハ。今日は褒め殺しだね、まったく」

「そんなことより、悪いのは世間の言いようよ。マーティの作品を読んで育った奴らもうんといるはずなのに、恩知らずもいいとこだわ」

「それも作家の運命だとは思っているけれどね」

「ダメよ、マーティ。言わしてちゃ」

「僕なりに反抗もしているんだけど。ああいうのは一度風に乗っちゃうと、一気に街に吹き荒れるからね」

作家連盟のサポートを受けて、あらゆる場所に他の作家達がマーティの正しさを投稿していたが、それも火に油となることがざらだった。

「私が退院したら、真っ先に本を出したいわ。『私達の夢請負人　マーティ・バタフライ』よ！　これさえ世に出れば、あなたを取り巻く訳の分かんない噂なんか、ぶっ飛びよ！　実はもう少しずつ書き始めているんだけど、なんていうか、その、私には文才とやらが生まれる時にオプションで付いてなかったみたいなのよ」

「僕を助けてくれるなんて、嬉しいな。こんなに言葉が紡げたら、きっと書けるよ、エリナ」

「まぁ、嬉しい。マーティ・バタフライに褒められたことだけでも戴冠ものよ」

「よかったら、書いている物をちょっと見せてくれないかい？」

「まぁ、恥ずかしい。ダメよ、マーティ。乙女の秘稿を見るなんて、パンツを脱がせるのと同じぐらい罪なことなのよ？」

「ハハハハハ、そうなのかい？　それは絶対にいけないね。じゃあね、書けなくなったりしたら、好きな本を何でもいいから写してみてごらん？　そのうちペンが走ってくるから」

「まぁ、なんて素敵な魔法でしょう。もちろん、マーティ、あなたが書いた物語で試させてもらうわ」

「是非やってみてよ」

二人の会話を聞くうち、付き添いのヒムロも自然と笑顔になっていった。


マーティは別れ際、エリナに請われて自分の作品にサインをしていった。

「マーティ、また来て！　是非、来てね！」

「ああ、もちろんさ。今日はありがとう、エリナ」

「こちらこそ、ジェントルマンさん」


帰りの車内、マーティは薄曇りの海を見ながら、ヒムロに呟いた。

「エリナを題材にした本を書こうかな」

「それ、いいよ。あの子は面白いからね。それなら書けそうかい？」

「そうだな。作品を一番届けたい子を主人公に据えるのは王道だし、何より僕自身が今日、元気をもらったから」

「じゃあ、彼女の取材をまた改めてやらなきゃね」

「そうだね」

　水平線の奥に音のしない雷鳴が走り、今晩は予報どおりに雨が降るようだ。その量や勢いや雨粒の大きさはマーティには分からなかったが、今日はなぜか恐怖を感じなかった。

*

「まぁ！　こんなことってあるのかしら！　私を主人公に？　聞いた？　ミュリエル！」

　エリナは予想以上の喜びようだった。まだ苦しい治療が続いていた時だったが、特効薬に近い気持ちだったに違いない。

　それからは週に一度はマーティが病室を訪れ、エリナから様々な言葉を取り出していった。エリナが生まれてからこれまでの、それはそれは平凡で多彩なエピソードが飛び交い、マーティは網を振り回してそれらを捕まえた。虫籠はすぐにいっぱいになったが、また次に戻ってきた時には、前とは違う虫がたくさん飛び交い、虫捕り少年にとってはどう考えたってパラダイスだった。

そばで様子を窺っていたヒムロは、エリナに会うようになってからマーティがすぐさま元気になったことに驚き、時には腹を抱えて笑っている挙動につられていた。

（なんて、すごい子なんだろう。こんな子は絶対に死なせちゃいけない。もし死なせたら、このあたりの神様は即左遷だな）

ヒムロのその願いは叶わなかったし、神様の人事なんて真にスピリチュアルを極めたとて分かるはずもなかったが、とにかくエリナ劇場は、どん底作家のペンをいとも簡単に滑らせていった。

＊

エリナの終末が近付いていることを伝えられたマーティは、その週、新作の企画を携えてロンドンに飛んでいた。

「本当なのかい？　お前のことだから、大袈裟に喚き立ててるんだろ、ヒムロ？」

「ああ。でも、もちろん分からないさ。オヤジさんが言うには、危なくなったことは一度や二度じゃないし、医者だって、脈拍だけじゃ分からないなんとも不思議な命だって混乱してるぐらいだから。ただ、前の時より意識の途切れる時間が長いことだけは確かで……」

「そうか……。明日、そっちへ戻るよ」

「おい、マーティ、予想どおりの発言を聞きたくて俺は電話してるわけじゃないんだぜ？　むしろ、逆さ。マーティが向き合うべきエリナは、手元の企画書の中だ。俺がそう言うことぐらい分かってるだろ？」

「よせよ、人の死に際ってのは大切なんだ。俺は父さんの時も母さんの時も、同じように海外にいて立ち会えなかった。第一、俺がどんな気持ちで彼女と向き合ってきたか、お前が一番知って――」

「ああ、もう、うるさいな！　黙って作品に向き合えよ！　来るなってのは、俺が言ってるんじゃない、エリナの意思なんだ。ミュリエルだって首が一回転しそうなくらい拒否したんだ。マーティ、お前が納得するかどうかは知ったこっちゃない。お前はそこで命を削れよ！　エリナは絶対に帰ってくるんだから！」

ヒムロは鼻を啜りながら、マーティの胸を思い切り叩くように心から叫んだ。

マーティが知る限り、聞いたことのないような声だった。

「……分かったよ。来年の君の誕生日にはリリースできそうだと、エリナに伝えてくれ」

「ラジャー、すぐ伝えるよ。帰りの便が決まったら電話してくれ。空港まで迎えに行くから」

「いつも、悪いな。それじゃ」

電話の途切れる音がしたあと、マーティは大きく溜息をつき、ずしりと重たくなった体を打ち合わせの場になんとか戻した。

だがその後、マーティが帰りの便を連絡するより早く、ヒムロから悲しみの電話が入ったのだった。

それからしばらくは、妻を失った時と似たような絶望感がマーティを襲ったが、以前のように火が全く消え去った感覚はなかった。一時期はキレイなまま時間の止まっていた執筆用の作業机も、ペンを走らせる速度が上がるのに合わせて再び荒れ始め、くしゃくしゃになった紙がマーティを取り囲んだ。

世間の風当たりはまだまだ強いままだったが、エリナ・パティをモデルに書いた『突風少女！　エイミーの三百六十五日』は、ロンドンを皮切りに好評が飛び火し、やがて地元を凱旋した。マーティを人でなしのように扱った書評のいくつかは手のひらを返し、トレンドに擦り寄った。

でも、当の本人はどこ吹く風、以降、淡々と作品を出し続け、世界中の子供達に希望の火を灯してやまなかった。親友のヒムロをはじめ、近しい人々はその全ての作品にエリナらしき輝きが散りばめられていることに気付いていたが、皆、その気持ちを宝物のように心の奥底にしまっていた。

ところで、マーティの手元には常に一つのビデオレターが大事に置かれている。執筆に煮詰まった時はテープを回し、何度も同じところで微笑み、また微笑み、自分と向き合うエンジンとしている。

「ハイ、マーティ。あたしのジェントルマンこと、マーティかつバタフライ。あたしの肩甲骨もそろそろサワサワしちゃって、羽根が生えそうよ！　まいったな、こりゃ！　だからここに、あなたへの感謝を、あたしの全身全霊を残しておきます。まずはそうね、あなたの本を初めて手に取った、ブックストア〈グランドスラム〉でのあの日について話しておきましょうか――」

夢を真っ直ぐに追い続けられた者

ストーム・マッコーイの夢は「宇宙飛行士」だった。しかし、同級生の誰もがその達成を信じていなかった。学校の成績はからっきしだし、運動神経は良し悪しを計る以前に本人が運動を嫌っていた。何より明らかな不摂生が極端な肥満体型を作っていて、三百六十度、どこから見ても夢が叶いそうな角度はなかったわけだ。

学年で一番、彼との関係を肯定的に捉えていたトックでさえ、ストームが夢の話を始めると、愛想笑いで彼の熱量を散らさなければならなかった。

「ストーム、月面の昼夜の温度差は、そりゃあ、もうすごいんだぜ」

なんとか諦めさせようと、そんなことをボヤいたところで、ストームには逆効果。

「何のためにこんなに太ってると思うのさ。体感温度を鈍らせるためだぜ」

そもそも素肌を晒して月面に出ることは今のところできないわけだが、なにぶん、夢を語る方も止める方も大真面目なのだ。

トックは善良なるストームの友人として、方向性の転換を願っていたが、どうも自分だけでは止められそうもない。だからこれはもう、エリナに頼むしかないと思っていた。彼女と関わり合いのある友人は、何か困り事があると彼女に指南を求め、そして皆、納得していったと聞いていた。

「ストームよ、今度エリナのところへ見舞いに行ってみないかい？」

「エリナ？　エリナ・パティかい？　F組の？　最近入院してるっていう？」

「ああ、そうさ。君はまだ一度も見舞いに行ったことがないだろう？」

「見舞いって……、元々面識もないしな」

「俺だって、言うほど面識ないよ」

「お前は去年クラスが一緒だったろ？」

「だから、言うほどないって」

「それじゃあ、なおさら。なんでさ？」

「なんでもだ、ストーム」

翌日、トックはエリナの親友であるミュリエルを介して、エリナにストームへの説得を依頼した。

*

病室には昼前の麗らかな光が差し込んでいて、風になびく遮光カーテンがそれを散らし、アクセントを加えていた。

エリナは昼食のクリームシチューを食べながら、テレビで競走馬の疾走を見ていた。競馬が好きだった祖父の影響だが、馬の体躯の美しさに集中したいらしく、いつも音声はミュートだった。

「ねぇ、見て、ミユリエル。15番の、ほら、緑のやつ。キレイな横っ腹ね。あいうのは、忙しないトップ争いより、ドンケツでゆったり優雅に走ってくるのを見たいものだわね」

ミユリエルは聞いているのかいないのか、そのことについてリアクションはせず、足音の近づくドアの方へ目をやっていた。

病室のドアをスライドしたのは、メガネのチビと、チビの二・五倍には見えるデブ、他でもないトックとストームの二人だ。

「やあ、ミュリエル。ご、ごきげんよう」

トックは少し緊張した様子で挨拶をし、ミュリエルの手招きで入室した。

「個室なんだなー」

続いて入ったストームはぐるりと室内を見回して、首にかけたタオルで額を拭った。

「エリナ、ごきげんよう。調子はどうだい？」

「上々よ、トック。久しぶりね」

右手を挙げて挨拶したトックに、エリナは上機嫌に答えた。テレビ画面では出走前六番人気だった15番の馬がトップでゴールラインを通過していて、それを確認したミュリエルは小さなメモ帳に結果を記入している様子だ。

「こっちがストーム。おい、ご挨拶だ、ストーム」

「初めまして、エリナ。C組のストーム・マッコーイです。よろしく」

エリナはスプーンを止め、ストームを凝視したかと思うと、

「あなた、かなり正直なデブね？」

と、率直に言葉を投げかけた。

「正直な、デブ？」

肥満を指摘されるのは常日頃のことではあるが、過去に挨拶の返球がその類の言葉だったことは、ストームの記憶にはない。

あっけに取られていたのも束の間、エリナは続けた。

「そ。バカ正直なくらい、正直なデブよ。某飲料メーカーは、あなたみたいな人を思い描いて日々、炭酸飲料を精製しているに違いないわ。某ファストフードだって、あなたみたいな客ばかりだったらパテの生産にいよいよ拍車がかかるのに、と心から期待しているに違いないわね」

「し、失礼な奴だな」

「あら、卑下することはないのよ。なんせ正直なデブなんだから。決して嘘をついているわけじゃないんだから。正直過ぎるくらいよ」

ストームは会話のスタートからあまりに反復して肥満を指摘され、顔が赤らんでいくのを自分でもはっきりと感じていた。

「き、君がさっきから言う、その〝正直〟ってのは、一体全体何なんだい？」

「正直は正直よ。自分に正直、自分が生きる環境に正直。デブということに正直。偽りのないデブよ。パッと見で分かるわ。他のデブとは一線を画す正直さよ。デブの黄金比率と言っても過言じゃないわ」

そこまで聞き終わったストームの顔は、ほとんど完熟トマトと変わらないくらいに赤く、そして額と鼻の下に新鮮な汗をかいていた。

「もういい！　僕は帰る！　こんな遠いところまでわざわざ来て、そんなことを言われるなんて訳が分かんないよ！」

まあまあ、と横から窘めるトックを尻目に、エリナはかぶせるように会話を続けた。

「勝手にどうぞ。私も病の身をわざわざ起こしてあなたと話してるんだから、無駄な時間にしたくないわ。でもね、ストーム、正直なデブには滅多に会えるもんじゃないから、勝手にどうぞと反射的には言ったものの、たった今からは、なんと言われようと、しばらくはここにいてもらうわよ」

ストームは、エリナの発言がアメとムチという表現に合っているかは不明だったが、とりあえずひと呼吸して落ち着き、壁に立て掛けてあったパイプ椅子を開いたあと、ドシンとそれを歪ませた。

トックはというと、多少気持ちの動揺に連なって顔が引きつってしまっていたが、ストームが座ったことを確認すると、そばにあったアウトドア用の小さな椅子に腰掛けた。ミュリエルがテレビ画面を見たままであることが心細く、既に今はエリナの土俵の中。親友のために踏み出したことが仇とならぬよう祈るばかりであった。


「それで？　正直おデブちゃんは、宇宙飛行士になりたいそうね」

まだ言うか、と思っていたのはトックだけらしく、横を見ればストームの顔の赤みはさっきよりは引いていた。「宇宙飛行士」というワードを聞いて、多少落ち着いたらしい。

「ああ、そうさ」

「あなた、本気でなれると思っているの？」

単刀直入ではあったが、トックは自分が思った方向に会話の舵が切られたと思った。

「もちろん、本気さ。何かの拍子に言っちゃったわけじゃないから、意地でもなんでもない」

「じゃあ、なれるわね」

「えっ⁉」

と声が漏れたのは、トックの口からだった。

「それじゃあ、一体全体、何を相談しに来たっていうのかしら？　それだけのことなら私、正直おデブちゃんによる、正直おデブちゃんになるための、正直おデブマニュアルを聞かせてほしいわ」

「俺は宇宙飛行士になることを、これっぽっちも疑っていない。君のお見舞いにってトックから引っ張ってこられただけさ」

「あら、なんだか話が違うわね、トック。私は、夢だかなんだかを説得するやら納得させるやらって聞いたのよ？」

「ちょっと待ってくれよ、話は違わないよ。エリナ、なんだってストームが宇宙飛行士になれるだなんて、そんな真っ直ぐに言い切れるんだよ」

トックは事の本線が瞬時にゴールを迎えた事実にひどく納得がいかなかっ

た。

「あら、納得させなきゃいけないのはおデブちゃんじゃなくて、トック、あなたなわけ?」

「いや、僕はただ、投げやりに夢を肯定するのは本当の友達じゃないって考えてるわけで……」

「私は何も投げやりじゃないわ。そりゃ、私にやりを投げさせたら、この町一番のマッスル野郎、ポンペイさんとイイ勝負はすると思うけど、野蛮はあまり好きくないから」

ミュリエルは相変わらず、ストームとトックに背を向けたままテレビを見続けていたが、左手でエリナを手招きし、そして画面を指差した。

「あなたもあなたよ、ミュリエル。何か相談を受けたなら、たまにはきちんと参加しなさいよ。毎回ラガーマンみたいに、右から来たら左、左から来たら右にパスを流すだけがあなたの役目じゃないのよ。いや、ラガーマンでさえフェイントぐらいはかますわよ。何よ? 今はおデブちゃんの話をしてるんだから、馬はいいわよ。12か5か1か、適当な数字を選べばいいじゃない。あんたがいくら考えたって分かりっこないんだから」

　そう言われたからといってミュリエルは姿勢を改めるわけでもなく、またメモに何かしらを書き留めていた。

「さ、じゃあトック、今度はあなたに聞くけど、あなたは将来何になりたいのかしら？」

「僕？　今日は別に僕の話をするわけじゃあ――」

「おだまり。ここは私のテリトリーよ。質問に答えなさい。はい、おだまり解除。さあ、答えて？」

「僕は、特に……」

「ないのね？　今のところ」

「まあ言われてみると、ない、かな？」

「じゃあ、ストーム、あなたは？」

「だから、『宇宙飛行士』さ！」

　ストームが両手を両膝についてそう言うと、少し前方に体重をかけた分、パイプ椅子がギシッと反応してアクセントを加えた。

「気持ちで言うと、何パーセントかしら?」

「パーセントなんて考えたこともないや。絶対なるって気持ちは常にマックスさ。初めて月面着陸したガリーリンが『地球イズ、ブルー』って言ったたって聞いたあの日から、なぜかずっとさ」

「そうなのね。ところでトック、あなたはどうかしら? あなたは劣等感を感じない?」

「劣等感?」

トックはエリナの言う「劣等感」という言葉をすぐには理解できなかった。勉強だって、見た目だって、親の職業だって、何一つストームに劣後する気持ちになるカテゴリーはない。確かに自分が学校で飛び抜けた存在じゃないことは分かっているが、なんだって平均より少し上だと思ってきたし、ストームはどんなことだって、体重のこと以外は平均を押し下げる存在だと思ってきた。そのストームに対して劣等感を抱くことがあるか? これは非常に難しい問題だと首を傾げざるを得ない。

「あのね、トック。質問に対して間髪をいれない、ということは、それなりに脳が常に準備をしていないと不可能なのよ？　あなたは自分が目指す夢を答えられなかった。ストームはもう、ずっと遠く、先の方にいるわよ？」

それだけのことが劣等感に値するなんて思いもしなかったトックは、首を傾げ続けていた。

「トック、辛辣なことを言うようだけれど、いつも一緒にいるあなたが、一番ストームを見下げているんじゃなくて？　まさか、一緒にいてやってる、とか、そんなくだらない感情を抱いちゃいないでしょうね？」

「そ、そんなことないさ。僕はただ純粋に友達としてストームと一緒にいることが好きなだけさ」

「あら、本当かしら。誰だって自分が優位に立っている状況ほど、心を落ち着かせる時はないんじゃなくって？」

そんなことはない、と反射的に発したトックだったが、エリナに刺された傷口を覗くと、そんな気持ちが全くないとは思い切れないでいた。

「ストーム、あなたはどうかしら？　トックがそんな風に思ってるんじゃないかって様子を、感じたことがあるんじゃないの？」

「そりゃあ、あるさ」

「おい、ストーム、そりゃないぜ」

「そりゃないぜってこと、ないぜ、トック。ただ、それはトックに限った話じゃない。学校のみんなに、俺をこき下ろす視線がデフォルトで備わってるんだから、もはや日常的過ぎて、気にしてる場合じゃないよ」

それを聞いたトックは、無意識にストームをいたぶっていたことを認めざるを得なくて、申し訳ない思いを感じ始めていた。

「ほら、ご覧なさい。そういうことよ。私から見たって、こき下ろさずにはいられない正直おデブちゃんなんだから、親友面して神父気取ったってダメよ、トック」

「ストーム、僕は知らないうちに君を傷つけていたのかい？」

「いいや、トック。俺ぁ大丈夫さ。何より君は、君の重要な時間をたくさん使って俺と過ごしてくれてるじゃないか。友達の濃淡は、往々にして時間がベースになるものだよ」

「ストーム……」

二人の少年の間に、何とも言い得ない友情の空気感が漂い始めた。

「ちょっと、そういう雰囲気出すのやめてくれるかしら。私の伯父を思い出すわ。話を戻すけど、トック、あなたはストームの夢に向かう気持ちに劣等感を持ってこそ、敬意を払ってこそ、本当の友達だと思うのよ」

トックは自分の心持ちを振り返りながら、劣等感の意味を咀嚼していた。

「……確かに、エリナの言うとおりかもしれないな。ストームが意地を張って宇宙飛行士になるって言ってないことぐらい分かってるのに、それを否定することなんて、僕の選択肢にあっちゃいけないんだな」

「かもしれない、じゃないわよ。そうだったら、そうなんだから」

やや熱い言葉が飛び交う最中、テレビ画面には、12－5－1の順で競走馬が一馬身ずつの差をつけて綺麗にゴールしていた。ミュリエルはテレビの載る台に両肘をつき、その先にある手のひらに顎を置いて、軽やかに首を左右に揺らしながら愉しそうに画面を眺めている。

「こら、ミュリエル。そんなに至近距離で見ちゃ、目が電磁波を嫌がって、そのうち馬みたいに離れてっちゃうわよ。それが本望なら、私はもう何も言わないけれども」

　そのやり取りを見ていたトックとストームは、一度お互いの顔を見合わせた。

「エリナ、僕は間違っていたよ。これからはストームの野心を全力で応援することにするよ」

「あら、間違っているなんて一言も言ってないわ。人は無意識に流されることがほとんどなんだから。ただ、私の頭の中の直感聖歌隊が、そうあるべきよ、と歌ったまでのことよ」

「ハハハ。君の頭の中には聖歌隊がいるのかい？　面白いことを言うね」

　ストームがお腹をポチャリと鳴らして笑うと、エリナは笑顔で答えた。

「ええ、そうよ。不定期だけどね。彼女達は星空を想いながら鋭い歌を朗らかに歌うわ。だから、宇宙を夢見るあなたみたいな人は、特に応援したくなるみたい」

「こりゃ頼もしいや。エリナ、また遊びに来ていいかい？」

「ええ、いいわよ。ただし、次回は正直おデブちゃんマニュアルを持参して、その生成についてABC順序よく、丁寧に教えてちょうだい」

「ハハハ、まだ言ってらぁ」

帰り道のトックとストームは実に晴れやかだった。

「僕もストームに負けてらんないな。星なんて最近まともに見上げたこともないし」

「おいおいトック、薄汚れた大人みたいな発言はよせやい。今度、プライスキャニオンに行こうぜ。オヤジに頼んでみるからさ」

「お、いいね。俺は兄貴の天体望遠鏡、こっそり借りてくるよ」

「大丈夫なのかよ？　神経質で潔癖症の兄貴にバレたら、まずいんじゃないの？」

「どうせ彼女でもできないと使いやしねぇんだ」

「それなら、予定は未定だな」

「そういうこと」

＊

それからおおよそ二十年の月日が流れた頃、ストームは五回目の試験で航空宇宙局管制官になった。そこまでの並々ならぬ努力はもとより、自分を信じて疑わなかった彼の姿に皆、呆れもし、当然その反動で大きく驚きもした。

一方、トックはというと、親友に感化されて天文学の道に進み、気付けばマウナ・ケア天体観測所で四六時中、星の番人となり、お互いを見事に支え合っていた。のちに二人はこう述懐している。

「僕が彼女を最後に見舞った時、こう言われたんだ。『ストーム、分かってるわね！』って。すごく、すごく力強い語調だったよ。あの言葉が、僕の背中をずっと前の方へ突き飛ばして、今日の僕がある。あとにも先にも、彼女ほど、ポジティブな心に点火する名人はいないね。〝正直おデブちゃん〟を貫いたこともあって、宇宙飛行士にはなれなかったけど、すごく幸せさ。いつだって宇宙に関わっていられるって、これ以上ないことだよ」

「夢を追い続けるなんて、少年のあの時でさえ恥ずかしい言葉だと思っていたよ。でも今、これだろ？　まったくエリナ・パティって少女は、ジャンヌ・ダルクもいいとこだよ。あの出会いがなければ、僕達はどこかで仲違いして、破綻していたに違いないさ」

やがてストームは名フライトディレクターとなり、数々のビックプロジェクトに関わり、世界初の火星探査機飛行も見事に成功させてしまった。そのシャトルの中、基幹システムの側面には、『いざ、トックが見つめた星へ。エリナ・パティと共に』と、恩人への感謝が、深く強い筆跡で刻まれていた。

苦しみから逃げずに向き合えた者

「散々っぱら働かせてといて、これっぽっちか？　トマス？」

トマス・ライラックスの農園はトウモロコシやら何やらを作っていたが、今年はとんと不作で、せっかく手伝ってもらった友人達にも満足な給金を支払うことができなかった。

「ったくよ、昔のよしみで来たはいいが、こんなんじゃあ話にならん。この額で朝から晩まで頑張れっつったって、情が掠れてくだけだぜ。悪いが、俺ぁコネティカットに帰らぁ」

真面目に働いているにもかかわらず、こうしてあっさりと信頼を失い、友人を失うのは今に始まったことじゃない。

トマスは、父親が天使の輪っかを携えて、空の彼方に手をフリフリ去っていったあと、この広大な土地の主人となったわけだが、多くの仲間が父親との縁の切れ目と共に辞めていき、すぐに運営は行き詰まり、土は痩せていった。冷夏が続いていたことで自分の外側に言い訳ができ、なんとかなるさと痩せ我慢していたトマスだったが、寒い夏は雪だるま式に重みを増していった。

特に、父親の代から最も長く勤めてくれていた「ノブオサン」と呼ばれている日系ブラジル人が体調を崩し、辞めざるを得なくなった時は、さすがにこたえた。せめてもと思って出したなけなしの退職金が、過労のために患った病気を労わるための、ほんのいくらかの足しにしかならないことが、後ろめたくのしかかったのだった。

＊

「そうよね。誰だって、なんで自分がこんな目にって思うのよね。なんで私だけ、皮を剥いた先からバナナがツルンと滑り落ちるのかしら、って思うのよ。きっとそう。いつだって、大抵そうなのよね」

その頃のエリナはネガティブな言葉が増え、バナナの身が床に滑り落ちただけでも、悲壮感が玄関のベルを鳴らし、ミュリエルにはそれが腹立たしくて仕方なかった。エリナの横に座っていても眉をひそめてテレビを見つめ、本来ならテンションが上限なく上がってしまいそうなほど美しい体躯をした競走馬でさえ、嫌味ったらしく見えた。

それにつけても、ミュリエルは今日は一段と機嫌が悪く、バツが悪い。他でもない、今日の見舞い人が、実の父親だからだ。ミュリエル・ライラックス、それが彼女の生きる今を縛るフルネームだった。

「やあ、エリナ、調子はどうかな?」

「あらま、こんにちは、ミュリエルのオジキ。今日もエリナは絶好調。このとおり、チカラコブにも青筋がギンギンよ」

エリナが自慢げに見せた細い両の二の腕は、透き通った白い肌に静脈が優しくせせらぎ、まるでエリナの冗談を聞いてはいなかった。

「そうかい。相変わらずで嬉しいよ。いつもミュリエルの相手をしてくれて助かるよ」

父親がそう言葉を発すると、ミュリエルは眉間の皺をギュッと締め、ガタンとパイプ椅子を鳴らして、バタバタとした足音のあとで、ドタンとドアを閉め切った。

「ふう……。娘ってのは、いつだって難しいお年頃だ。エリナにコミュニケーションのレッスンを乞いたいよ」

「それはいいけど、もちろん高いわよ？　それに、元が取れるかどうかについては、親子ってのが相当ディスアドバンテージね。とりあえずレッスン1、『人間はいつだって持ちつ持たれつ』よ。私はミュリエルの相手をしてあげているなんて、高いところから失礼しているつもりはないわ」

トマスはそれを聞いて頭をポリポリ掻いたが、エリナは目を細めるばかりだった。男は反省したフリをするが、人の気持ちにすぐ寄り添えるほど器用ではないと知っているからだ。

トマスはミュリエルが乱暴に扱ったパイプ椅子に、労るように触れて腰を据えた。

「はい、これ、いつものコーンティー。今飲むかい？」

「サンクス、あとでいただくわ。さっき担任のフレイ先生から、ニナスっていう、おフランスのお紅茶をもらって、入れたばかりなのよ」

「そうかい。うちのトウモロコシじゃ太刀打ちできそうにないけど、今年のはそんなに悪くないから」

「あら、ライラックスラベルのコーンティーはエリナ・パティお墨付きだって、うちの学校じゃみんな知ってるんだから。胸張ってくださいな」

「ありがとう」

トマスは人差し指一本、鼻をこすって啜った。

「それにしても、農園は昨日も今日も、カラッカラの風が吹きっぱなしのようね、オジキ？」

「いや、まったくだよ。お天道様どころか、身内からも、昔からの連れからも、乾いた言葉ばかりさ。親父の代から貸しがあるはずの連中も、風向きが変わったとたん、ヒュルリと飛んでいくよ」

「レッスン2、『貸し借りの考え方を改めよ』。苦しくたって心を通わせる努力を怠ってはダメなのよ、オジキ」

「これまた、手厳しいな。エリナには、そういう付き合いしかできない大人達が不憫に見えるかい？」

「フビン？　私はそんなにたくさんの大人達を知っているわけじゃないけど、だいたいは、そのフビンとかなんとかってのが奥歯に挟まったような顔はしてるわよね」

「そうだよな。でもそう思うと、うちの親父は偉大だったんだなってつくづく思うよ。人が懐いて仕方なかった。ミュリエルも絵に描いたようなグランパっ子だったからね。いなくなってから存在感が日々増していくよ」

ライラックス家にとって、トマスの父親、ミュリエルの祖父の旅立ちがいかに大きな分岐点であったか、それはミュリエルのそばで過ごすエリナが誰よりも強く感じていた。

＊

ミュリエルが声を失ったのは他でもない、父親の父親、農園の創業者であるポール・ライラックスが非業の死を遂げた日からであった。

あの日、ミュリエルは大好きな祖父に連れられ、隣町の農家まで来ていた。祖父の旧友が祖父に憧れて開墾し、初めての収穫を迎える日だった。旧友はリタイア後のセカンドライフのために積み上げた資産をテコに、それなりの土地と納屋、最新鋭の農機具を揃えていた。

この日も、初めての収穫に意気込むかのように艶めいたマシンが、その時を今か今かと待ち構えていた。旧友は祖父とミュリエルが来た時でさえ、説明書を慎重に、真剣に読み込んでいて、一度や二度の挨拶では曲がった首を起こさなかった。

与太話混じりの社交辞令を終えたあと、祖父と旧友は専門的な何かを言葉にしていて、ミュリエルにはとんと分からなかったが、何でも新しく始まることは嬉しいことだと思っていた。

やがて旧友は息を重く吐いてマシンに乗り込み、ミュリエルの背丈ではよく見えなくなった。ミュリエルがマシンの側面に回り込み、少し離れて様子を窺うと、旧友は座面に尻をこすり付け、座り心地を無理やり得ようとしているところだった。

「デイビッド、ここから見ててやるから、ゆっくり進んでみな！」

ミュリエルが覚えている祖父の言葉らしい言葉はそれが最後だった。

マシンは起動と共に勢いよく後退し、これまで聞いたことのない祖父の呻き声を巻き込んだあと、急停止した。マシンから飛び降りて祖父がいた方向へ駆け寄ったデイビッドと呼ばれた男は、お手本のように腰を抜かして、その場にへたり込んだ。

ミュリエルがその横を抜けて覗いた先の記憶は、今はもうない。鮮烈に残っているのは、祖父の呻き声と、自分自身が最後に声帯を震わせた悲鳴の響きだけだった。

それからしばらくの間、ライラックス家には雷雨のような日々が続いた。ミュリエルは雷鳴が最も聞こえない家の奥底に縮こまっていたが、突然家長となったトマスはそうはいかない。父親の急逝によって発生した大量の書類で、目先も足元も視界不良となり、手探りでなければ歩けなくなった。それでも働き盛りの勢いのままに、男を見せる時だとがむしゃらに息巻く覚悟は決めていた。

当然、娘のことはいたく心配して気にかけてはいたが、失語したことは精神的ショックによる一時的なものだと考えていたし、必死に時間を進めれば、きっと何もかも落ち着いていくと思っていた。

だが、少しずつ視界が晴れ始めた頃には、現実の刺々しい輪郭が浮き上がってくるばかり。広大な農園の真ん中で孤独になった時、頼りにしていた時間の経過は、焦燥感の先に諦めを連れて現れた。

また聞けると思っていた娘の声も、元に戻るどころか、トマス自身が思い出せなくなってしまうくらい、はるか遠くへ消えていってしまったのだった。

*

トマスがボソボソと愚痴を吐くたびに、エリナはレッスンを繰り返した。彼女は大抵の大人が頼りないことは重々知っていたが、トマスの場合、身内同然の存在ということもあってか、際立ってそう見える。やがて話の本筋から逸れて、フットボール（とかく、ピッツバーグ・スティーラーズ）の話題を陽気に話し出したあたりで、エリナは舵を切った。

「オジキ、いいかしら？」

エリナは目の前の相手に失礼のないように小さく咳払いし、背筋をスッと伸ばした。

「何だい？　かしこまって」

「私の見立てではね、ライラックス家のライフサバイバルは、思いのほか長いわ」

「おいおい、何を言い出すかと思えば、そんなことかい？　それは覚悟の上だよ。親父とそのまた親父の背中を見てるから、今がどんな時かは十分、分かってるし、農家のＤＮＡが『今は耐え時だ』って言ってらぁ」

「いいや、オジキ。オジキはちっとも分かっちゃいない。オジキはいっつも、そう。見てるフリをして、ちっとも見えちゃあいない」

「そ、そうかい？」

エリナの言葉に棘が表れ、トマスはすぐ弱気を見せた。病室のドアの向こうで背中を合わせているミュリエルの機嫌の悪さは、その声を聞いてピークに達しつつあった。

「それよ、それ！　その、途端に覇気がなくなる感じ！」

エリナは人差し指を突き立て、裏返して指紋を見せつけた。

「オジキには、どこか真剣味が足りないのよ」

トマスは目をパチクリさせ、目の前でパチンとゴムが弾けたような顔をしていたが、子供の言葉を真芯で受け取れるほどの器じゃない。けれどエリナは、それでも言っておかなければならなかった。

「それはつまり、気迫を感じないってことなのよ。カロリーが足りてないってこと。しかも全然。そりゃ誰だってついてこないわよ」

「それはつまり、マジじゃない、本気じゃないってことを言いたいんだね、エリナ？」

「まさしく、そうよ。そりゃ、仕方ない部分もあると思うわ。オジキのオジキと、オジキのオジキがハードに偉大だったもの！　恩恵に授かった三代目の坊やが、みんなの見立てどおりのぬるま湯に浸かり切った坊やだったとしたら、それはそれなりの反応よね！」

「ああ、そうさね。エリナは大人の世界が本当によく見えてる。俺にゃあ、農園マスターとしての才覚ってもんが産毛ほどもねぇんだ」

——ドンッ!!

ドアが強く叩かれる音に、トマスは蟻一匹分だけパイプ椅子から浮いて驚いた。

ドアの外ではミュリエルが左手をさすりながら、長く伸びる廊下の向こうへスタスタと去ってゆく。エリナはというと、ぎゅっとトマスを見つめたまま、左手を自在に動かして紅茶を口元へ運び、ゴクリと喉を鳴らして次の一節へ移るところだった。

「才覚がねぇなら、死に物狂い見せろよ。いや、死に物狂いの淵を見せろよ、ってのがミュリエルの言いてぇことなんだわ、オジキ」

トマスは齢十歳の娘の同級生から、厳しい言葉を投げかけられる自分がなんとも情けなかったが、しかし困ったことに的を射過ぎていた。

「だけどもだけど、私には分かるの、オジキ。人間の性分てのは、人間臭さっていうのはさ、頭の命令に、心と体が素直じゃないってとこに出るんだ」

「ああ、そうだね、エリナ。特に、歳を取れば取るほど、自分の弱い部分を分かっていながらさ、ちっとも変わろうとしないんだ。頭から改善命令が出たって、背骨を通っていくうちに都合よく変わっちまう。ハハ、君って人はまるで人間国宝、いや、世界遺産が喋ってるみたいだな」

エリナは腰に手を当て、胸を張って鼻息を飛ばした。

「えっへん。だからオジキ、ライフプランは苦しい時期を長めに考えて。このエリナ・パティが、他の誰にも言わないくらいネガティブ言っちゃうけど、オジキとミュリエルには絶対に幸せになってほしいから、言っておく。ライラックス家はいつだって、〝今〟に負けないことよ。そのためには、オジキが弱い自分と粘り強く向き合うこと。そうすれば、そうね、ミュリエルがイケメンの旦那をもらう頃には、ちっとはオジキの動悸もビートに乗ってくるようになるわよ」

「ありがとう、エリナ。それにしても頼りない親なんだよな、俺は……」

「あら、そうは言ってるようで言ってないわ。レッスン9、『自己卑下の誘惑を回避せよ』。自分を貶めるのは簡単だわ。ミュリエルが思春期よろしく厳しいだけよ。あ、今の発言は黙っててね。矛先が私に向いちゃうと、白湯が熱湯に変わっちゃうんだから」

「ああ、もちろんさ。故意犯な火傷ほど怖いものはないね」

トマス自身も、いつだって弱く甘い考え方が自分にまとわりついて離れないことを知っていた。祖父と父が心身の苦労を捧げて築き上げた農園の後継として、心の準備はしてきたつもりだったが、予想より早い時期だったとはいえ、いざ現実にその時が訪れると、お世辞にも用意周到と言える心構えはできていなかった。

「ライラックス農園にはさ、『なんとかなるさ』って家訓があるんだ」

「もちろん、ご存じよ。エヴリシング・ウィル・ビー・オーライ。ミュリエルが即、唾を吐く魔法の言葉よ」

「ああ、ミュリエルの前ではもう言えない言葉だね」

トマスは両手の指先を合わせ、人差し指同士をクルクルと回し始めた。

「爺さんも、親父も、いつも笑顔で『なんとかなるさ！』って、黒くなった親指を天に突き上げて、俺に言ってたさ。でもさ、陰ではとんでもない量の泥水を啜ってきた。俺はその優しさを真に受けて、苦労から目を背けてきたんだ。今まさに泥水を味見し始めた程度の俺には、進むべき先なんか何も見えないのさ」

「そうね。しかしながら、だからこそ大丈夫よ、オジキ。レッスン10『出口のない状況を楽しめ』。じっと堪えないといけない時は誰だってあるわ。要は外の世界をじっと見つめて、我慢強く自分とディベートできるかどうかよ。そりゃあ、周りはケダモノみたいにおせっかい言って答えを急がせるわよ。でも、クイズが全て早押しのTVショーだったなら、どうかしら？　そんな番組、百万ドル積まれたって出ないわ。わたしゃ、今まさにこの紅茶を啜り終えて、コーンティーに乗り換えようとしているわけで、味わう合間に回答権が回ってきてたら、答えるぐらいがちょうどいいと思わない？」

「そうだね、エリナ、耐えていかなきゃだね。あ、気が利かなくてごめんよ。コーンティー、召し上がっていただかなくては」

トマスは縮こまった丸い背中のまま、今のところ自信が持てる唯一の商品と言えるコーンティーを美味しく作るため、給湯室に向かった。

「わお！」

病室を出ようとドアをスライドさせると、目の前にはいつの間にか戻ってきたミュリエルが睨みを利かせていた。

「いたのかい？」

ミュリエルはトマスの手から袋を奪い取り、スタスタと給湯室へ向かった。何を隠そうミュリエルは、朝晩欠かさないほど、このコーンティーが好きだ。コミュニケーションの難しい娘のことでも、トマスもそれだけはよく知っている。言葉はうまく交わせなくても、エリナのために振る舞うコーンティーを作る二人の手際は完璧なものだった。

「まあ！　今年のはヤバイわね！　いや、ヤンバイわね、オジキ！」

「だろ？」

三人で啜るコーンティーの味を確かめながら、トマスはトウモロコシの芯を体の真ん中に感じ始めていた。

＊

エリナがこの世を去ったあと、彼女の言ったとおり、農園の不作は続いた。お天道様の悪戯は、決してトマスだけに集中していたわけではなく、周囲の同業者達も似たようなものであった。

やがて、老い先短く、後継ぎのあてもない農園の経営者達は順々に土地を手放していき、そこには次々と「コードウェル・グレイン・カンパニー」の旗が掲げられた。このあたりの大地主に君臨するコードウェル家が持つ様々な事業のうち、全米に食品マーケットを展開する会社だ。

広く、遠くの山々まで見渡せた広大な大地には食品加工の工場が立ち並び、ライラックス農園はあっという間にそれらに取り囲まれてしまった。風の流れも大きく変わり、トマスが一層、手塩にかけたとて、農作物は弱っていく一方だった。

地域の農業組合では、土にまみれた顔馴染みにとって代わり、コードウェルのバッジを付けた背広の人間が半分以上を占めるようになっていた。

「ライラックスさん、あんたんとこも売り時だよ」

一緒に伝統を守ってきたと思っていたレタス農家のチャックは、数年前からひそかに始めた酒場がカンパニーの作業員達で潤っていた。表向きは肩を寄せて味方面していても、本当は皆、自分のことしか考えていなかった。

「チャックさんはチャックさんの流儀でやりゃあいいさ。俺はもう少し、自分を信じてみるよ」

「そうかい。まぁ、つらくなったらいつでも、うちの酒場にパーッと飲みに来なよ」

「ありがとう、そうするよ」

昔から気安く笑顔を振り撒いていたトマスが、最近はしっかりとした口調で微笑むようになった。見ようによっては目が据わったようにも思え、ついに気が触れたかと嘲る人々も少なくはなかった。

季節は何周期も巡り、ライラックス農園も随分と休眠地が増え、ついにはトウモロコシのみが並ぶ場所に変わっていた。しかし、ライラックスブランドのトウモロコシはここ数年、地道な努力の甲斐あって、甘味が増し、密かに地域の名産になりつつあった。その流れでコーンティーも少しずつ、州を飛び出して名前が売れ始めていた。周りの声を良い意味で聞かなかったトマスは、ただひたすら毎年、昨年より心を込めてトウモロコシを育て続けてきた。その結果、ようやく自分らしい未来の道筋が見えてきたのだ。

そして、ミュリエルがジョッキーの彼氏と晴れて結ばれた年、農園の視界はパッと開けた。

その年、あたりを取り囲んでいたコードウェル・グレイン・カンパニーのトップが、ミュリエルの同級生でもあるコードウェル家の五男坊に継がれたのだが、突如として工場の移転話が持ち上がり、跡地の一万エーカーは巨大なトウモロコシ農園にかわることとなった。なんでも五男坊は子供の頃からライラックスブランドのコーンティーを嗜み、いつか大きなトウモロコシ農園を持ち、そのど真ん中で思い切りティーを啜ることが夢だったそうだ。

しばらくして彼は、トマスを訪ねてライラックス農園へやってきた。トマスはどうせ土地の接収の話だろうから断るつもりでいたが、中身はてんで違っていた。

「トマスさん、ここのコーンティーをね、フランスの老舗が欲しがってるんですよ。ニナスってとこがね」

「うちのコーンティーを？　おフランスの老舗が？」

「そうさね。でね、うちの親父は、せっかくだからブランドごと売っちまえって言ってたのさ」

「そりゃあ、乱暴だな。いくら有名なところが相手でも、うちの可愛い可愛いトウモロコシだからね」

「トマスさんはもちろんそう言うと思ったし、それ以前に俺が反対したんだ」

「君が、かい？」

「そうだよ。俺ぁ、子供の時にエリナって子にここのコーンティーを飲まされてから、中毒なんだよ」

「エリナに？　こりゃ驚いたな」

「彼女に勧められた物を、グレートなアメリカのグレートなコードウェル家が手放すのがいかに愚かなことか、親父にはビシッと言ったんだよ」

彼はそう言うと、リーゼントスタイルの左右に一度ずつ櫛を入れた。

「そうか。だがね、コードウェルさん、私はいくら金を積まれたってコードウェル家に身を売る気はないよ」

「おっと、勘違いしちゃいけねぇ。ここの農園もブランドも、あんたから取る気はねぇよ。ちなみに、これもエリナの遺言だけどな」

「それは、つまり……？」

「それは、つまり、この辺の一切合切をあんたに任せたいって頼みさ」

「この辺？　一万エーカー全部？」

「そう、全部。ライラックスブランドのトウモロコシを、思い切り作っちゃくれませんか？」

あまりのスケールにトマスは変な汗が出てきそうだったが、鼓動は感じたこともないほど高まっていた。

「ちなみに、おフランスとはコラボってことで話をつけてある。先方は、『味は確かだ』って言ってたぜ」

トマスは男泣きへまっしぐらだったが、タイミングよく部屋に現れたミュリエルに、泣くなと背中をどつかれた。

「ミュリエル・ライラックス、これでエリナも認めてくれるかな?」

ミュリエルはコーンティーの販促チラシを裏返し、スラスラとペンを走らせると、救世主の前に差し出した。

「けっ、未だに俺とは筆談かよ。なになに、『リーゼントをトウモロコシ色に染めたら、遺言どおりよ』だって? それだけは絶対にやらねぇよ」

なんにせよ、トマスは嵐の日も大嵐の日もハリケーンの日も、ひたすら自分と向き合い続けて時を待ったのだ。エリナからの思いもよらないプレゼントが、まさか地球規模だなんて想像もつかなかったが、それでも明日やることは変わらないなと思った。明日は今日より心を込めるだけだ。

「オジキ、最後のレッスンよ。一億粒のトウモロコシも、一粒から。昨日より今日は甘く、明日はもっと甘く!」

悲しみを乗り越えられた者

ジェレミー・レナーは結婚式で最高の幸せを謳歌した三日後、最愛の夫を飛行機事故で亡くした。世界を股にかける大手石油メジャーに勤めていた夫は、結婚式とバカンスの間に割り入った商談をどうしてもかわすことができずにロシアへ飛んだが、その航路の途上、エアバスと共に消息を絶った。ほどなくして深い山間で機体は発見されたものの、夫の存在が断片的にでも分かる物は何一つ彼女の元へ帰らなかった。

「この仕事が決まったらさ、何もかもが全速力で進んでいくんだ。大丈夫、僕には君と結婚したという、これ以上ないエンジンが積まれているんだから、必ず成功するさ。生まれてくるベイビーだって、きっと勢いよく飛び出してくるに違いないから、助産師も他の人の倍、いや、三倍はスタンバイしてもらわなくちゃね。とにかく、バカンスの準備だけは任せたよ。カンクンの日差しを舐めちゃいけない。それじゃあ、行ってくるよ、ハニー」

ジェレミーは、そんなことを恥ずかしげもなく言ってくれる夫が大好きだったが、その言葉の先を聞くことは一言だって叶わなかった。

彼女の精神状態の降下速度は、それはそれは速かった。夫を失ってからは、気持ちが浮揚する兆しは全く表れず、周囲の誰もが息を詰まらせて、容易には声をかけられなかった。声をかけたとしても、両手で湖面の水をすくい切ってしまうような、そんな人生経験豊富な存在はこの街には乏しく、こと彼女の周りには皆無だった。きっと、セレブリティの渦中にいた彼女の周囲には、地獄を教科書でしか見たことのない人間ばかりだったからに違いない。結果、ジェレミーはひどく体調を崩し、心は調律のしようがないほど正しく鳴らなくなっていった。

彼女の家の中央に位置する、採光にこだわっただだっ広いリビングでは、ここ数日、雨が彼女を突き刺そうと必死に狙い続け、ガラスを強く強く叩いていた。グレーがかったブルーの室内は、見ようによっては陰鬱な美を放っていたが、彼女の心の色を映していると思うと、現実を忘れてボーッと見ていられるほど安定感のある色彩画とは言えなかった。

自暴自棄を内に秘められなくなった彼女の振る舞いは、何を描くにも自由自在だったはずの白い内壁を壊し、いつでも青々と茂って住人を癒すはずだった観葉植物をうつ伏せ、四六時中賑やかなショーで家族を盛り立てるはずだった六十五インチのディスプレイはひび割れて白く波打っていた。

＊

「ジェレミー、屋上へ行きましょうか。あなた、心が弱り過ぎてて、五階のこの部屋まで来るのに、生気を吸われまくっちゃってるわよ。ただでさえ若者の生気目当てに入院してる死に損ないの年寄りが多いんだから、いつも気を張ってなくちゃダメよ。まぁ、そう言ってすぐにできたら、そもそもここになんて来ないいんだろうけど。そんな時は、屋上へ行って日光チャージ、これに尽きるわ」

ジェレミーはいつもの怪訝な顔のまま、ベッドから車椅子へ移ったエリナの背中を押し、部屋を出た。廊下では方々から車椅子に声がかけられ、エリナはその全てにテンポよく返していた。

「はーい、ジェイッ、今日も金髪が綺麗ね。さっさと退院してもらわないと、何度同じ言葉で褒めなくちゃいけないのかしら？」

「あら、フェミー、リハビリは順調？　勇気がなくなったら、手のひらに『エリナ』って三回書いて遠くへ放り投げてる？」

「あ、ローマ、十五時の血圧測定までには戻るわ。それか、一緒に屋上まで来る？　嫌いな同僚の名前を二人までなら言っていいわ。多少の愚痴は聞いてあげる」

「おい！　フィガロのジジイ！　婦長のケツばっか触ってないで、早く尿瓶、卒業しやがれ！」

ジェレミーにとっては、エリナの周りの絶えない笑い声が、何もかも絶望的に考えてしまう自分の心に、チクチクと刺さって仕方がなかった。

屋上では何台かの車椅子が、誰かと、あるいは一人でそれぞれの方向を向いていた。

エリナとジェレミーは、ちょうど垂直に陽射しが垂れるように位置どった。

「ジェレミー、そこから下を覗いてごらん。心配しないでも押しゃあしないわよ。まぁ、私が押さずとも、あなたはいつだってフライアウェイしちゃいそうなオーラ満載なんだけどさ」

ジェレミーは肩の高さあたりまである手すりに手と胸をくっつけ、下を覗き込んだ。

「赤い花が見事なポジションで咲いてるでしょ？　なんか『ツバキ』とかっていう、東アジアの花だそうよ」

病院前のロータリーを囲む緑に、絶妙な分量で赤が彩られていた。きっと心が軽やかな時は美しく、心が鉛のように重い時には目頭に痛く見えるのだろう。

「花言葉は、『謙虚な美徳』とかなんとかだったかしら？　私にはほど遠い言葉ね」

ジェレミーは何も言わず、ただ指示されたとおりにツバキの花を眺め続けた。

「ジェレミー？　死ぬのは怖い？」

ジェレミーは質問の意味がよく分からず、ただエリナの方を首だけ向いた。

「私はね、正直、怖かったり怖くなかったりするわ。怖い時は大抵、眠る前ね。夜が黒ずんでいくのに、毎晩吸い込まれそうになる。満月の夜はいくらかマシなんだけど。怖くない時は、あなたやあなた以外の誰かとお話ししている時」

ジェレミーは体ごとエリナに向き直り、車椅子と横並びのベンチへ向かい、そしてゆっくり座った。

「彼を追って死ぬなんて、絶対に、絶対にダメよ。あなたがこの世から欠けてしまったら、その分、私も部分的に死んでしまって、もっと恐怖に怯えることが増える気がするの」

エリナはそう言って、艶がかったブラウンの瞳で、じっとジェレミーを射抜いた。ジェレミーはその瞳に、自分自身がそっと映ったことを確認した。

「……私は、死なないわ。死んだら彼に会えるなんて、誰も保証してくれないもの」

ジェレミーは綺麗で長い指をピンと伸ばし、そのあと折り曲げて人差し指のささくれを気にしながら、ようやく言葉を発したのだった。

「それが分かっただけでも、心安らぐわ。でも毎日、苦しいのよね？　苦しい、

苦しい、って体が騒ぐのよね？」

「そう、苦しい……。彼とのたくさんの思い出、抱え切れないほどの思い出が、グレーがかった写真にならないように、心が必死……」

少し涙ぐんだジェレミーの横顔を見たあと、エリナは空を見上げ、顎元に左手人差し指を添えて何か考えていた。

何羽かの鳥が西から東へ、片翼のない隊列で上空を渡った時、それはジェレミーがエリナの視線をトレースし始めた瞬間のことだった。

――バチン!!

と、ジェレミーの背中にエリナの左平手が思い切りかまされた。その音は、周囲でスローな時間を過ごしていた患者達の心拍を刺激するには十分なほどだったし、痛みに遅れて周囲の視線が跳ね返ったことで、ジェレミーの想定外の感覚は共有物となった。

「えっ⁉　痛い！　痛いわ、エリナ！」

「痛いわよね？　そうよね」

「えっ？　なになに、どういうこと？　痛いし、とてもビックリしたんだけど」

「痛いし、かつビックリよね」

「えっ？　えっ？」

ジェレミーが見たエリナの横顔は、平然と空を見上げていたままだったが、しばらくしてジェレミーと目を合わせた。

「哀しみが一瞬、どうやったら飛ぶかしらと思って、脳内エリナと相談した結果、平手打ちという結論に至ったわけ」

「は？」

「でも、あなたの美しい顔を平手打つことはさすがに憚られると考えて、結果、背中になったわけ」

ジェレミーは時が止まったようにエレナと顔を見合わせ、そしてエリナの顔が大真面目であることに気付き、込み上げる不思議を堪えきれなくなった。

「フフ、そんな真剣な顔して、フフフ、言わないでよ。可笑しい、フフフフフ」

「どうして笑うのよ。いつだってエリナ・パティは真剣よ。パティ家はそういう血筋。〝パティ〟と書いて〝真剣〟と読むこともあれば、逆も然りよ」

「フフフフフ」

「でも、どうやら成功のようね、ジェレミー？」

「そうね、脳内エリナの思うツボだわ」

「それだけ笑えれば十分よ」

「ありがとう、エリナ」

「それとね、ジェレミー」

「なに？」

「なんのために生きれば、なんて、考えなくたっていいと思うわ。そんなものは何かのきっかけで勝手に湧いてくるものであって、掘ったってだいたい見当違いの陶器か何かが出てくるだけよ。鑑定したって歴史的遺産だなんてことは、まぁ、まずないわね。大抵、その辺の茶目っ気めいた犬がご主人様の興味を引くために、証拠隠滅よろしく埋めた皿のようなものよ」

「そうね」

「彼にたくさんの愛を注がれたのは事実なんだから、これからの人生が色鮮やかになることはあっても、グレーがかることなんて、絶対にないわよ。もとより、黒ずんで認識できなくなるなんてことは、完璧にないわ」

「うん」

「それと、もう一つ」

「なになに？」

「脳内エリナのずっと奥に、エンペラーエリナがいるんだけど。あ、これはあまり人に教えてないから秘密よ？」

「フフフ、エンペラーがいるの？　分かった、誰にも言わないわ」

「そのエンエリがね、あなたのことを考えるたびに首を傾げているの」

「どうして？」

「それほどまでに愛し合っていたなら、彼からの最後のメッセージが何かしら届かないと、絶対、完璧におかしい、って」

「そうなのね……。でも、飛行機はめちゃくちゃで、彼の遺留品なんか何も残らなかったわ。私も何かはあるって、諦めたくなかったし、これからもそう信じたいんだけれど……」

「ダメよ、弱気じゃ。出不精のエンエリが出る時は、百パーセント何かあるんだから」

「そうなの？　うん、エリナがそう言うなら、分かった、信じる」

「これは絶対だわ。その気持ちは、ツバキみたいに控えめじゃいけないわ」

少し元気を取り戻したジェレミーだったが、エリナが確信を持って伝えた彼の言霊について信じられるほど、希望的未来を温められてはいなかった。

家に帰って鏡に背中を映すと、十一歳の女の子が叩いたとは思えないほど、赤い手型がくっきりと残っていた。

＊

事故から半年、一枚のメモが発見されたと連絡が入った。筆跡は荒く、また、ところどころ焼け落ちた部分はあったが、奇跡的に全文が理解できる状態で残っていた。彼の愛情の色をよく知るジェレミーにとっては、あり余る幸せであった。

愛するジェレミー
本当に愛している
人は死に直面した時、走馬灯が走るというけれど
僕の場合、まさに今この瞬間、超大作の映画が優雅に流れている
どれもこれも、君との時間ばかりさ
どれもこれも、素晴らしい構図で撮られていて
どれもこれも、最新の技術で鮮明に光を放っている
体も心も震え切っているけれど
君との時間はそれをもってしても、傷一つ付かない
今、周りは激しく揺れていて、悲鳴やら発狂が鳴り止まない
数分前は僕もそうだったけれど
目を閉じて呼吸を整え
君との時間を思い出していると
僕は周りの人間よりもずっと幸せだと

落ち着くことができる
また、すぐに君のそばに生まれたい
愛しているよジェレミー
ジェレミー、愛している
PS　ところで、ピーナッツバターは補充してくれたかい？
もし、このメモと共に、僕が少しでも意識を残してこの世に残れたならば
まずはそのことが気になって仕方がないと思う
僕は、毎朝、
僕のためにピーナッツバターをトーストに塗る君のその姿がないと
一日を始められないんだ
自分のことばかりでゴメンよ、ハニー

なぜ、このメモがこれほどまでに原形をとどめていたのかは分からない。しかし、絶望の淵を歩いていたジェレミーにとって、これほど生きる理由に値す

る物はなかった。ジェレミーはふつふつと泣いた。彼がこの世を去って以降、初めて温かい涙を流した。それと同時に、エリナの言葉がそのとおりになったことに、大きな不思議と大きな感謝を感じた。

ジェレミーはその日のうちにエリナの墓標を訪れ、色とりどりのツバキと共に報告をした。

「だから言ったじゃない。あらやだ、ツバキを置いていくなんて、もっと控えめにしなさいってことかしら？　やんなっちゃうわね」

そんな声が聞こえたような気がして、ジェレミーは小さく笑った。

プレゼントには向かないこの花も、エリナの寛大な心がそれを包み込み、一層、艶めいて咲いているように見えた。

失ったものを取り戻した者

ミュリエルが小学校の門を初めてくぐった時、父親のトマスは特別支援学級へ向かって彼女の手を引いた。あの日以来、言葉はただひたすら聞かせるだけのものだったから、ミュリエル自身がどんな小学校生活を送りたいのか意思は確認できなかったし、何よりトマス自身がこれまで以上の現実に向き合う自信がなかった。

しかし、元々自分達が子供であったことを忘れがちなのか、大人達のそういった不安は杞憂に終わるのが世の常だし、ライラックス家にとってもそれは決して例外ではなかった。

当の本人はほとんど誰とも目を合わさなかったが、大声を出して飛び跳ねたり、小声で部屋の隅っこに話しかけたりするクラスメイトの存在が周囲を取り巻くこと、そしてそれに振り回されながらも幸せそうな顔をする指導員の滑稽な姿に、ミュリエルはなぜか安心を覚えていた。彼らの挙動の全てには愛があることがよく分かったし、意思の疎通を前提としないことが、むしろプラスに働いて感じられた。与えられた課題にも心地よく取り組み、時には指差しと目線で指導員のミスを指摘するほどであった。次第に、自分の要望や考え、提案や冗談といったことを、ローマ字で紙に表現することもできるようになり、指導員補佐官のような顔をすることさえあった。

となると当然、普通学級への編入が足早に進められるわけで、地球がぐるっと太陽の周りを一度回った頃、ミュリエルはロッカーの中身をお引っ越しすることになったのだ。

＊

「やい、声ナシ。お前の音量ボタンはどこに付いてやがる？」

同学年とは思えない体躯のガキ大将は、いつもリーゼントでライダースジャケット。この地域の大地主、コードウェル家の五男坊で、教師達も見て見ぬふり、暗黙の特待生。左右には、そばかすの肥満児と、前歯の渇いたエンピツ頭の坊やを従え、ガムを噛み噛みプゥーと膨らませるスタイルだ。

ミュリエルがクラスに編入してきたとあらば、オモチャは一つでも多い方がいいと考える彼のポリシーにジャストミートの案件に違いない。髪を触る、スカートをめくる、教科書を取り上げる、紙を丸めて投げるなど、ベーシックな悪戯がミュリエルの日常に盛り込まれたことは想像に難くない。

「嫌なら嫌って言えばやめてやるよ。ただし、はっきりと俺の耳に聞こえるようにな！」

いちいちロカビリーを体で表現しながら意地悪を歌う姿が癪に障ったが、そのことについては周りの誰もが思っていることだろうと考えるくらい、ミュリエル自身は落ち着いていたし、編入後の想定の範囲内だった。

ただ、そういうことに黙っちゃいられないのが三つ隣のクラスにいる。ミュリエルが初めて彼女の姿を目にした時には、その子の怒りの熱で周りに蜃気楼が見えるほどだった。

「おい、おい、おい！　おい‼　お前だよ、エルビスの冒涜者‼」

「なんだよ、またお前かよ」

「また お前か、とは何よ。あ、てめえ、去年あんなに言ったのに、結局この夏もそのジャケットずっと着てたわね？　こっちがいくら麻のワンピースで涼しげに着飾ったって、てめえのその暑くるしいので、まいっちゃうのよ。全然ロックじゃねぇんだよ」

「あ⁉　お前にロックの何が分かんだよ」

「ああ、うるさい、うるさい。その、感情が高ぶった時にロカビリーよろしく体を揺らすのやめなさい」

「エリナ、ほんとお前は分かっちゃいない。俺はみんなと仲良くしたいんだよ。そのためにはルールを早く覚えてもらうのが一番だろ？　このダスティン・コードウェルがルールだってことをさ」

「いや、だから、うるさいって！」

「痛ぇ！」

股間を蹴り上げられたダスティンがうずくまった隙に、エリナはそそくさとミュリエルと距離を詰め、手を取った。

「あなたね、出し惜しみの王女様こと、ミュリエル・ライラックス。特別支援学級を一年で蹴り飛ばして、鳴り物入りで乗り込んできたと、担任のミセス・ハリスンから聞いてるわ」

（出し惜しみの王女？）

ミュリエルは首を傾げたが、エリナは満面の笑みで彼女の両手を握り、上下に大きく振って友愛を迫った。

「おい、エリナ。毎度毎度、横から邪魔しやがって。何度も言うけどな、お前の親父を雇ってんのはうちの家なんだからな。今度こそ覚悟しとけよ」

「覚悟？　おい、ダスティン。鼻ほじり兄弟の末っ子よ。教えといてやるわよ。覚悟ってのは、一撃必殺、命と引き換え、伝家の宝刀のことを言うのよ？　あ、そうね、明日の朝、教えてあげるわ。朝メシ食い過ぎでジーンズのチャックが閉まらないからといって遅刻するのはなしよ？」

「くそっ！　なんだってんだ！」

エリナの父親は、いくつかあるコードウェル家の邸宅のうち、ダスティンの叔父の家に出入りする庭師の一人だ。この学校に通う生徒の三分の一は、両親のいずれか（場合によっては両方）がコードウェル家に雇われていて、別の三分の一はこの大地主とは何らかのビジネス関係にあり、大抵が弱い方の立場であったし、残りの三分の一も、この地域に住まう人間として恩恵を受けて生活しているのだった。

であるからして、ご子息の股間を蹴り上げるなんてことは、父兄にとってはパールハーバーの記憶に匹敵するぐらいの衝撃なのである。

翌朝は学期始めの全校集会が行われた。生徒の気持ちがよく分かる珍しいタイプの学校長は、学期スタートの事務的な挨拶を一分以内に終わらせると、本日はこれがメインです、とばかりにトーンをカラッと上げた。

「えー、それでは、昨年度から始まりました作文コンクール『オブラディオブラダ賞』の発表です。私もたくさん読ませていただきましたが、大半の皆さんがいやいやペンを走らせた中、キラキラと光る作品もそれなりにあり、第一回目としては十分ハッピーなコンテストとなりました。クラス賞、学年賞は、それぞれの単位で発表していただくとして、この場では特に優秀だったトップ3を表彰したいと思います。まず初めに、ほっこりエッセイ『グランマとグランパ、時々、もう一人のグランマ』を書いた、五年生のミシェル・グリーンさん」
学校長の呼びかけに、長髪長身の女の子が少し猫背で現れ、一礼して賞状を受け取ると、そそくさと演台を降りた。

「えー、続いては、長編詩『見知ったネイバーの知らぬ顔』を書いた四年生、ウィリアン・ウィリアムズJr.さん」

ハト胸のウィリアンは大股でゆっくり現れ、賞状を両手で丁寧にもらったあと、学校長と全校生徒にそれぞれに深々と一礼し、規律を保ったまま堂々と去っていった。

「それでは最後になりますが、これは実に面白かったですね。想定読書感想文『戦争と平和（トルストイ作）を読んで』、二年生のエリナ・パティさん」

そう言って学校長が賞状から目を上げると、いつの間にやらエリナはもう目の前に立っていた。

「エリナ・パティさん、おめでとう。これ、本当に読んでないの？」

「ミスター・プレジデント、ありがとう。もちろん読んでないわ。小難しい上に長ったらしくって、読む気になんかなれやしない。そもそもまだ二年生になったばかりのあたしにゃ、読めっこないわ」

「ホントに？　それにしては傑作の書評だったよ。えーと、今日はみんなに一言いただけるそうで？」

「ええ、ミスター。こんなに立派な賞をいただいたんだもの。胸いっぱいになったら、とりあえず吐き出しとかないと、お腹にガスがたまっちゃう性分なのよ」

「それは大変だ。どうぞ、どうぞ」

学校長はエリナの口元までマイクを下げ、いったん演台を降りた。

「オホン、またはコホン。ハイリンドバーグ全校生徒の皆さん、朝も早よから、ご機嫌いかがかしら？　各家庭の事情はブラブラブラ、いろいろあるでしょうけど、東を望めばいつだってグランジャーピークの山々はどっしり構えているわ。嫌いな友達が前後左右に立っていることはさておいて、まずはこうやって清々しい時間帯に集い、新しい年度のスタートを迎えたことを讃え合いましょう」

年端も行かないエリナの立派な立ち振る舞いに、教師も生徒も目の覚めるような思いだったが、一部の素行の悪い生徒達からはお手本のような野次が飛んでいた。そんな彼らの中心には、いつも決まってダスティンがのけぞっている。

「おい、今そこで『ガキは早くすっこめ』っつった集団、特に身の丈に合わないリーゼントのお前、今日はお前にも、重々承知しましたと感じてもらえるように、あたしゃここに立っている。お耳のアンテナはチューニングが終わってるといいんだけど、準備はよろしくて？」

野次は担任が止めに行ってもなかなかやまず、ダスティンは中指を高く天に突き上げ、舌を出して可愛いげなく応戦した。

コードウェル家のぼっちゃんにピストルを向けたエリナの言葉に、生徒達だけではなく、幾人かの先生達も耳打ちを始めている。

「えーと、まず、このたびこのように表彰をいただきました感想文については、私が自信を持って書いたので当然のことですので、皆さん、また読んでくださいね。しばらく図書館に置いとくんでしょ？　というか、永久保存でしょ？ミスター・プレジデント？」

学校長は小さい丸メガネの上からエリナにウインクで答えた。

「ありがとう。今日はそんなことはどうでもよくて、私がこの楽しい楽しいスクール生活を一年終えた感想と、さらに楽しくなっちゃう二年目を過ごすために言っておきたいことがあって。ねぇ、ミスター、お時間いただけるのよね？」

学校長は、今度は丸メガネをクイッと上げたあと、優しく目を瞑って二度頷いた。

「さてと、皆さんは、このスクールのこと、どう思っているのかしら？　きっと、イロイロなのよね。最初に言ったけど、おうちの事情があったり、クラスメイトやティーチャーとのぎこちない何かがあったり、お勉強だってクラブ活動だってあって、きっとイロイロなのよね。そうに決まってる。私だってこの一年、楽しい楽しいと思って過ごすためにはそれなりに努力したのよ。大好きなおじいちゃんと、おじいちゃんの近所の連れが、立て続けにポックリ逝っちゃった時には、片道切符を手配して盛大な出陣式をやってあげるのもひと苦労だった。かたわら、愛犬のフルシチョフの目が白く濁っちゃって、家のあっちこっちにぶつかるから、気の抜けない日常が続いたわ。あと、ママの両膝の水だって、プール一杯分は抜いたのよ？　信じられる？」

エリナの言葉に少しずつ熱がこもり始め、歯車が回り始めると、みんな不思議と静まり返って聞き耳を立てた。

「でもホントに、スクールのみんなに助けられて、楽しく過ごす努力を続けられたの。それにしてもこのスクールのお友達は、それぞれ得意なことがあって、話題には事欠かないわ。かけっこが速いピーター、指笛が響き渡るオリバー、クッキーを作らせたらソルトレイクで一番のミレイ、お裁縫で家まで作れちゃいそうなエマ――」

指を閉じたり開いたりを繰り返し、エリナは友達のグッドポイントを華麗にお披露目した。

「そこでふんぞり返ってるダセェ髪型と格好で悪戯ばかりのアイツだって、一家揃ってこの街の生活を支えてやがるときた。その態度は照れ隠しなんだろ？リーゼント？」

この流れで褒めそやされるとは思ってもみなかったダスティンは、柄にもなくポッとして目を丸くした。

「でもね、でも、なんだかずっと物足りない気がしてきたのよ、あたし」

そう言ってエリナは顎にこぶしを当て、若干俯いた。そして大きく深呼吸し、胸を張って一度ちょこんと背伸びをして、遠くのユタ湖が見えないかトライした。

「得意技があるってことは、そりゃ素敵なことじゃない？　並じゃない、ってことはそりゃ喜ばしいことよね？　でもね、できないことができるようになるってことが、去年は全然見当たらなかったのよ。あたしが見逃して、聞き逃していただけかしら？　みんなそっちの話は控えめなのよ」

エリナの目はいつだって、見えないところで苦労している友達を探していた。いつだってスポットライトの外をなんとか見ようとしてきたのだ。

「だから今年度は、できちゃったじゃん！　って、一回でも多く言うことがあたしの目標なの。ほら、よく『一人の百歩より、百人の一歩』って言うじゃない？　このエリナ・パティが腰を上げたからには、それどころの話じゃなくなるわ。百人とも百歩進ませてやるわよ。だけどそれにはみんなの協力が必要なのよね。あらゆる困り事にはエリナをフューチャーせよ！　ハイリンドバーグスクールの心配事にはウィズ・エリナ。これでいきたいと思うけど、どうかしら？」

皆、顔を見合わせながら反応に窮していたが、学校長がパチパチと拍手を送ると、並びの教師達も真似をし、生徒達も前列から順にならって手を叩き始めた。

「走り方のコツだって、指笛のコツだってあるわけだし、クッキーだってお裁縫だって、オリジナルのやり方がきっとあるのよ。私はどんなことだって、考えたことはできちゃうって思うタチなのよね。この辺にいる大人達は、『エリナ、できないものはできない。物心がついたら分かるよ』って言いたげな人ばかりだろうけど、すみません、そのモノゴコロってのは、パティ家には遺伝的にくっつかないって、おばあちゃんが言ってたわ」

周囲の教師達はクスクス微笑んだり、隣同士で目配せをしたりして、自分達をごまかしていた。胸に手を当てれば、あの頃はキラキラ光る目の前の生徒達と同じだったはずなのに、なぜか年を重ねるごとに、へ理屈で純真をひた隠すようになっていた。

「だから、まぁ見てなさい。思うようにいかないことを抱えているほど、胸の中にはとんでもない宝石を携えているものだし、心の扉を開くスイッチは、内ももとか、意外なところにあったりするものよ。思うように声が出ないお友達だって、このエリナが今こうやって腕まくりしただけで、声帯が震え始めているはずよ」

ミュリエルはこの時、エリナとそう近いところにはいなかったが、ビックリするくらい目は合っていた。二人の間には、この時から強い綱のようなものがお互いの腰に巻かれたのだった。


それからというもの、スクール内ではエリナとミュリエルのペアが悩み事を見つけては解決していくショーが淡々と、当たり前のように繰り返されていった。悪態をついていたダスティンも、すぐにスタンスを変えることができたわけではなかったが、頼りない手下どもを従えて、次第に彼女達に協力するようになっていった。

余談だが、エリナがこの世を去った時、ダスティンは自分の小遣いを何年前借りしてもいいからと親に懇願し、スクール内に彼女を讃える碑を作り、彼女の好きなツバキが咲き誇るよう植樹したのだった。

エリナの今世最後の瞬きを確認できたのは、担当の医者と看護婦以外では、彼女の父親と遺影の母親、家政婦のターニャと猫のナターシャ、それとミュリエルだった。

＊

その日、ミュリエルが押したナースコールのボタンは、元に戻らなくなるほど激しく連打され、それはナースステーションを経由して、エリナの自宅の電話をハイトーンで鳴らした。

父親とターニャが駆け付けた時には、エリナの瞳孔は白く曇り始めていた。

エリナの左手を、ミュリエルは同じく左手で、血管が浮き出るほど強く握っていた。ミュリエルは反対側の手を引こうとする死神の面構えが、どうしたって気に食わない。人の頭蓋骨をマスクにして仕事をする奴なんかに心を奪われることが、どうしたって我慢できなかった。

「痛ぇ。ミュリエル、痛ぇわ」

二人はお互いが一番つらい時、いつだって今みたいに利き手を握り合って前に進んできた。それが「痛い」だなんて、こいつは何をほざいているんだろう、とミュリエルは歯軋りした。途方もない怒りらしい感情が胃の底部の弾力を使ってジャンプし、気道の壁のどこにも触れず、最後は突き当たりの壁をうまく蹴ってミュリエルの口元をこじ開けた。

「エリナ！　行かないで！　お願い!!」

後ろで父親とターニャが目を見合わせて驚いた時、エリナの目の霞が少し晴れたようだった。

「ほれ、見なさい。キレイな声が出るじゃない。でも、ちっとばかしタイミングがおせーわ、ミュリエル。あんたのそーゆーとこ、ホント嫌いだわ」

ミュリエルは自分でもビックリして左手を少し緩めたが、すぐに強く握り直した。

「ミュリエル、ターニャにはあんたに関する機密書類を託してあるわ。もし私がいなくなったら、封を開けて」

「何言ってるの！　いなくなるとか言わないで、バカ！」

「何がバカよ。あんたよりバカなのは、ラテン語と算数、図工と体育だけよ。あ、あと音楽もか。けっこうあるわね」

「エリナ、お願い、お願いよ……」

ミュリエルはまだ言葉の使い方が分からなくて、たくさんの感情を声に変換できなかった。でも、エリナには全て分かっていたし、ミュリエルのおかげで恐怖や不安といった気持ちとはかけ離れたところにいて、温かい夢見心地の気分だった。

「それにしてもなんて、なんてキレイな声なんでしょう？　もっと聞いていたいけど、でも、この時を待ちわびて、この瞬間まであたしの鼓動が頑張ったたっちゅーことよね？」

「やめてよ、エリナ。じゃあ、もう私、一言も喋らない！　一生、喋らない！」

「また口をつぐもうったって、無理よ。あんたが脇腹弱いのは知ってるんだから、こそばしてやる。覚悟なさい。その前にいったんブレイク。そこの白湯を取ってちょーだい」

ミュリエルはエリナがいつものように左手で指差す方へ体の向きを変え、マグカップを両手で大事に包んで手渡そうとした。でも、その時にはもう、エリナの顔は白湯を飲んだあとのように落ち着き、「安らかに」という言葉が世界で一番似合う少女となっていた。

＊

エリナのお別れの会があった日、皆が泣き終えて家路を目指す頃、家政婦のターニャは大きめの封筒をミュリエルに渡した。〈ミュリエル・ライラックスに関する報告書〉と銘打たれた裏には、「シークレット」の赤文字が強く印字されていた。

「これのことね？　ターニャ」

「ええ、ミュリエル。中には封筒がいくつか小分けにされているようよ。エリナは、『いっぺんに開けると、化けて出てやるんだから！』とか言ってたわ。確か、明日はあなたの十一歳の誕生日ね？　それがスタートだと聞いています」

ミュリエルが封を切ると、中には「11」「13」「17」「19」「23」と数字の書かれた封筒が入っていた。それとは別に、「数字の年齢に達したら開けましょう。ルール遵守のこと！」という白いメモが同封されていた。

翌朝、ミュリエルは祖父の形見である、インディアンがあしらわれたペーパーナイフを使い、「11」の封筒を優しく器用に開けた。

やい、ミュリエル、ハッピーバースデイ。これをあなたが読んでいるということは、あたしゃ、もう、あんたとは全く違う星雲の王女様として爆誕してる可能性が高いということね！

この報告書は、あんたが思春期を迎えるにあたって、さみしくないようにという、故エリナ・パティの最後で最高のおせっかいのつもりで書いたわ。（おい、舌打ちするな。）まぁ、いろいろ頭をこねくり回して考えてはみたんだけど、見通しがつくのは十年ちょい先までだったわ。楽しみに答え合わせしてちょーだい。

それにしてもミュリエル、あなたとあたしって、ほんと、自分達のこと以外割り切れない性格よね。最強のおせっかいコンビだと思わない？　どうせ昨日だって、お別れの会に来てくれたお友達の面倒ばかり見て、ろくにあたしの顔も見ず、泣きもしなかったんだろ？　え？

そのあとの文章は、まるで未来に先回りしたかのように、昨日の様子を言い当てていた。ミュリエルは小さく涙を流し、時に笑い、三枚の便箋を読み終えた。そして、この先どんなことがあっても、とりあえずは次の手紙を目標に生きていこうと決めた。

ミュリエル・ライラックスのその後は、誰しもがそうであるように平坦な人生ではなかったが、決められた年齢で開封したエリナの予言がことごとく的中するたびに、これでいいんだと安心して時間を進めることができた。

中学校へ進学後、歌を歌うことを志した十三歳。合唱コンクールの全国大会で賞を取った十七歳。人生の方向性に悩みながらも、生涯の伴侶と出会った十九歳。耳は聞こえないけれど、その分、強く可愛過ぎる子供を授かった二十三歳。

エリナのお見通し具合には、ミュリエルはチッ！　と舌打ちをするばかりであったが、彼女と過ごした日々があったおかげで、何かを失ったように感じるたび、必ず取り返す気概に満ちあふれた人生となったのである。

＊

これらのエピソードは、エリナ・パティを取り巻くほんの一部に過ぎず、皆の心には彼女を形作るジグソーパズルが数多、散らばっている。彼女が周囲に与えた影響はどれもこれも、あまりに大きかった。彼女の、「生きて生きて生き抜くの！」という言葉が種となって、それぞれの命に植えられ、それぞれが自分らしい花を咲かせていったことに、皆がお互いに顔を見合わせ、驚嘆と感動、感謝と情熱を感じるのであった。

何を隠そう、私自身もその一人であることは、目の前のあなたもご存じだろうし、私は今後、一生をかけて、事あるごとに彼女を語り継がねばならないという使命に駆られてる。

親愛なるエリナ、みんなのエリナへ。君に絶大なる感謝を捧げるため、そして、今日も街のどこかで、明日は隣街のどこかで、誰かが誰かのエリナであり続けられるように、ここにしたためます。拙いセンテンスばかりだったから、次回作はもっともっと、君に近づけるよう努力するよ。

一九××年　　マーティ・バタフライ著

あとがき

「フランジ」という言葉の音感が好きで、その感覚を起点として、一対一の人間関係をフランジが意味する継目に捉えて執筆を開始しました。

付随するテーマは、〝違和感〟と〝肯定〟です。「利き手」「フランジ」「ハーム・リダクション」の登場人物の生き方は、必ずしも広く共感を得られるものではないでしょう。しかし、皆、定義のない「常識」に自分の日常をはめ込むことができず、自己矛盾に都合をつけようともがき、そして、大切な人との関わりに解を求めています。共感できない感覚であっても、それは確かに存在していて、〝存在すること自体を肯定する〟ことを、彼、彼女達は求めています。

私達の人生は時間が進めば進むほど、言葉で伝わらないことが増え、物語がよりクローズしてオリジナリティを帯びていきます。会社や家庭、地域や性別等でカテゴリーされていく一方、そこから漏れる数多の感情や想いは行き場を失って自分の中を彷徨うでしょう。ようやく「多様性」という言葉が流通し始めた程度の社会が、個々人の心に追いつくには途方もない時間がかかるようにも思えます。それでも、自己卑下や他者排除の気持ちと向き合い、自己肯定と他者への寛容を諦めずに生きていきたいものです。

そんなことはなかなかできないよ、と思ったあなたの前には、エリナが現れて、「あなたこそ、思いっきり、ありのまま生きてみなさいよ！　あら、私がついていながら、遠慮なんて必要ないわよ！　遠慮こそ、ご遠慮！　全く、失礼しちゃうわ！」と、きっと叱咤するに違いありません。

最後に、人生の羅針盤たる師匠と、物語を紡ぐ心と体を与えてくれた父と母と兄、いつも笑顔で側に寄り添ってくれる妻、これまで縁のあった全ての方々と環境に感謝します。そして、執筆の機会を与えてくださった文芸社の皆様に心より御礼申し上げ、あとがきとさせていただきます。

手に取られたこの本が、あなた自身を肯定する、僅かばかりだとしても一助となりますように。

著者プロフィール
田中 正雄（たなか まさお）
1987年、鹿児島生まれ。
関西創価中学・高校、創価大学卒。
建設会社入社後、東京、三重、愛知へ住まう。

フランジ

2022年1月15日　初版第1刷発行

著　者　田中 正雄
発行者　瓜谷 綱延
発行所　株式会社文芸社
〒160-0022　東京都新宿区新宿1－10－1
電話　03-5369-3060（代表）
03-5369-2299（販売）

印刷所　株式会社暁印刷

ISBN978-4-286-22878-5　JASRAC 出 2109193-101